AF442042

Histoires & autres dossiers confidentiels

*

Adélaïde :
Tome XVII

*

Philippe Rosenberger

Préface de l'auteur

Contrairement à ce qui a été annoncé à la fin de *Résolution*, j'ai décidé de ne pas écrire les tomes XVII, XVIII, et XIX initialement prévus, autrement dit *Chloé,* et les deux exemplaires du *Livre des Légendes* (celui des Rodiers et celui de la Cathédrale). Pour le premier, la raison en est simple, les idées que j'avais pour *Chloé* n'étaient pas suffisantes et assez pertinentes pour tenir un livre. Malgré ce que j'avais prévu sur la rencontre de Chloé avec Jean, et une esquisse de chapitre plutôt sympa sur elle assistant à la passation entre Iris, première Reine du Club et Reine Rouge, et Jean donc, qui deviendrait la Reine Rouge que l'on connaît, je ne voyais pas quoi écrire sur elle sans faire face à deux problèmes majeurs. Le premier est que je ne voulais pas faire une repompe de mon premier tome sur l'arrivée d'une Reine au Club des Damnés, et le second est que je ne me voyais pas écrire sur elle au présent sans faire mention de la raison de son comportement étrange des derniers tomes sans l'expliquer (chose qui fonctionnera mieux si elle est révélée dans *Code 147*, le prochain livre).

Car il faut comprendre que mon processus créatif est basé d'abord sur des idées d'histoires et de trames imaginées au début de ma saga, puis que j'ai ensuite développées au fur et à mesure de mon écriture des livres, et enfin au moment de me pencher sur ledit livre en cours. Et en arrivant devant le tome *Chloé,* tout comme pour le tome *Charlotte,* je me suis rendu compte que malgré mes idées préliminaires, cela ne fonctionnait pas. Ce tome ne fonctionne pas, malgré des heures passées à y réfléchir. Comprenez-moi bien, j'adore Chloé, mais son histoire étant particulièrement calme, mis à part expliquer ses origines et lui donner une direction propre à la fin de ma saga, il n'y a rien à écrire. Car tout le problème est là, écrire ses origines, oui, mais franchement, sur le fond, ce serait recycler *Adélaïde* d'une manière différente et moins intéressante, car il n'y aurait aucun réel enjeu et surtout, on saurait comment cela se termine. Alors bien entendu, j'ai songé à expliquer ses origines puis au fur et à mesure du récit arriver au présent en faisant des ellipses temporelles et en me focalisant sur certains instants (comme sa blessure durant *Inébranlable*), mais quel serait le fil conducteur ? On a suivi son parcours en parallèle de celui d'Adélaïde durant huit ans et ce serait incohérent de lui créer une histoire simultanée dont on n'a jamais entendu parler jusque-là. Et on arrive ensuite au second problème, dans le présent, comment l'écrire sans lui faire penser à la raison de son isolement avec Camilla et Caroline au cours des trois derniers tomes ? Cela ne serait pas respecter mes lecteurs que de faire comme si de rien n'était pour garder le suspens. Je songeais bien à terminer le bouquin sur elle appelant ses amies et leur annonçant en quittant la tombe de Jean qu'elle allait parler à Adélaïde, mais cela n'aurait pas fait plus d'une page, et franchement, c'est maigre. J'ai donc pris la décision de ne pas écrire Chloé, et je l'espère, vous ne m'en voudrez pas. (Mais rassurez-vous, ce que j'avais imaginé d'intéressant est intégré ici !)

Pour ce qui est des *Livres des Légendes*, alors que je faisais face au problème de l'écriture de Chloé, je me suis rendu compte d'un problème tout autre : je voulais au départ en

2009 écrire ces deux livres pour donner aux fans de ma saga une lecture complète de ces deux ouvrages, mais même si au moins l'un d'eux est évoqué dans *Résolution*, ils ont été lus dans les tomes I et II, et il n'est à mon sens pas pertinent de se pencher sur quelque chose d'aussi loin dans les mémoires. L'exercice pourrait hypothétiquement être intéressant, mais je ne suis plus spécialement intéressé par l'idée de poursuivre l'écriture de recueils d'histoires que j'ai rédigés il y a maintenant huit ans. Je suis passé à autre chose, je suis allé si loin par rapport à cette époque, ma saga s'est tellement étoffée, que retourner créativement à ses débuts ne m'intéresse pas, et disons-le franchement, me ferait chier. C'est plutôt brut, mais c'est la vérité. Je pense que ces deux livres au final doivent avoir une part de mystère, une fin inachevée, et même si j'étais fier de mes couvertures, honnêtement, cela n'apporterait rien à l'histoire générale de ma saga d'en écrire plus à ce sujet, surtout étant donné que le tome XX *(que vous vous apprêtez à lire du coup)*, est une compilation d'histoires fictives dans l'univers d'Adélaïde, mais aussi de courts récits s'intégrant à la continuité et qui font plus sens. En d'autres termes, les trois premiers hors séries se sont avérés inutiles, et le quatrième, celui-ci, s'est avéré au contraire plus pertinent.

Enfin pour conclure, sachez que ce livre est un recueil de nouvelles souvent très courtes et qu'il ne faut donc pas le prendre comme un roman. Il faut vraiment le voir comme un hors série, un ensemble de petits détails intéressants à savoir et que j'avais envie de vous faire découvrir en attendant *Code 147*, qui lui sera j'en suis sûr à vos yeux, l'un, si ce n'est le meilleur de mes livres.

En prime je vous partage en annexe plein de bonus : des informations de conception de mes livres, quelques notes plutôt sympas, une fan-fiction, et même le résumé en avant-première du prochain tome. Elle n'est pas belle la vie ?

Bonne lecture à vous, Philippe Rosenberger.

« À Audrey-Anne Fischer, qui était à mes côtés quand le personnage de Léopold O'Clock m'est venu à l'esprit. Grâce à elle, j'ai découvert l'un de mes meilleurs personnages, mon hommage à un certain genre de littérature, mais surtout, des histoires que j'adore. »

POUR LECTEURS AVERTIS. CE LIVRE DÉCRITS DES ACTES SEXUELS INAPPROPRIÉS ET ILLÉGAUX, ET DES ACTES CRIMINELS GRAVES.

Personnages :

Situation des personnages une semaine après la fin du tome XVI, *Résolution*.

Le Club des Damnés

Le Club des Damnés a été reconstruit ailleurs ! Découvrant avec joie neuf mois après l'incendie des Rodiers que Phileas avait investi la Cathédrale abandonnée, les membres tout aussi bien que les Reines furent informés de sa réouverture. Le nouveau lieu, consacré et immense, fit tout d'abord regretter le précédent. Mais avec le temps et des aménagements continus, le mystère reprit de plus belle. Rien n'avait changé donc, si ce n'est un nouveau décor et une nouvelle magie des plus enivrantes.

Adélaïde

Adélaïde était une jeune étudiante comme les autres jusqu'à ce qu'elle réponde à une annonce et rejoigne le Club des Damnés. Après des débuts difficiles, de la peine et de la tristesse, elle devint néanmoins sous le nom de Méphala l'une des Reines les plus épanouies et les plus appréciées par ses consœurs et par les Cavaliers. Elle fut également l'une des plus sollicitées par les membres. Le Club lui apporta beaucoup. De la confiance en elle, un épanouissement sexuel, mais aussi et surtout l'amour en la personne de son directeur, Phileas, dont elle tomba éperdument amoureuse. Après la construction du second club, Phileas et elle se revirent et elle tomba enceinte. Dans le même laps de temps, elle découvrit qu'il était agent secret, et finit par le rejoindre au sein du *Service*. À la mort de *D*, la directrice, elle en devint la cheffe avant de finalement accoucher de ses premiers enfants, des jumeaux ; Adrien et Jean. Mais en représailles de ses ingérences dans leurs affaires, l'*Organisation* fit enlever les nourrissons. Remontant la trace de leur chef les deux parents pensèrent arriver au bout de leur peine, mais malheureusement ils ne les retrouvèrent pas. Ils ne surent même pas qu'ils les avaient seulement manqués d'une heure. Tout cela affecta grandement Adélaïde, qui déprima de plus en plus. Un soir totalement déboussolée elle alla même jusqu'à se faire tatouer, et plus tard, quand Phileas fut obligé d'aider la C.I.A. à appréhender un tueur en série, elle se résolut à le quitter pour retourner à sa vie d'avant. Elle s'apprêtait à le faire lorsqu'elle découvrit qu'il l'aimait toujours autant, bien qu'il ne lui montrait pas assez à son goût. Décidée depuis à rester, et plus déterminée que jamais à retrouver ses enfants, elle s'est battue pour y arriver lorsque finalement, quatre ans après leur enlèvement, le miracle s'accomplit. Les deux parents suivant une piste fournie par une ancienne amie de Phileas, ils retrouvèrent Jean et Adrien. Sa famille depuis réunie, Adélaïde nagea dans le bonheur.

Mais ces quelques semaines de joie furent vite révolues. Participant à une enquête de sa nouvelle agente, Karen, sur un réseau d'esclavage, elle fut confrontée à une série d'événements douloureux qui la mirent à mal. Adélaïde réalisa en effet qu'elle était toujours affectée par la série de viols qu'elle avait subie des années plus tôt, et qu'elle était inconsciemment prête à reproduire la cause de son traumatisme pour s'en débarrasser. S'écœurant elle-même, elle fut folle de rage, quand dans une torture macabre, elle fut battue, dévêtue, et cousue à une autre de ses agentes, Céline. Sauvée par Phileas avant que l'anesthésie ne s'estompe, elle fut reconnaissante, mais elle ne put dès lors que se demander comment son mari avait pu savoir qu'elle était en danger et où la trouver. Puis elle apprit que son tortionnaire et l'homme avec qui elle avait inconsciemment voulu reproduire son viol avaient été tués par un inconnu. Adélaïde fulmina, se sentant dépassée par les événements, persuadée qu'il lui manquait des pièces du puzzle, mais cela ne l'empêcha pas de continuer son enquête. Déterminée, remontant la piste, elle mena alors une expédition afin d'appréhender le chef du réseau pour pouvoir enfin clôturer cette affaire, mais le trouvant mort, fraîchement assassiné par un *Artificier*, elle découvrit abasourdie leur existence. Comprenant qu'il s'agissait là de la création de son époux, furieuse, elle le confronta avec virulence, et quitta finalement leur domicile conjugal. Après une période difficile durant laquelle elle fit l'erreur de le tromper, Adélaïde voulut se remettre avec Phileas, mais énervée par les *Artificiers*, elle refusa de répondre à ses appels alors qu'elle partait en mission pour assassiner Dru. Hélas, l'assaut terminé, elle découvrit trop tard que son ennemi avait mis la tête de Phileas à prix et qu'il avait été tué entre temps. Morte de chagrin, pleine de remords, elle eut du mal à supporter sa propre culpabilité, certaine que son mari voulait la prévenir, quand elle apprit que c'était effectivement le cas, que son époux se sachant condamné, il avait voulu la voir une dernière fois. Abattue, elle découvrit dans le même temps la terrible vérité ; Phileas n'était pas mort, c'était un leurre fabriqué par les *Artificiers*, mais le secret éventé, il était désormais pourchassé par plus de cent mille chasseurs de primes. Accablée de remords, désemparée, Adélaïde fut à bout. On l'a ainsi quittée sans savoir si elle avait ou non succombé à l'appel de la drogue.

Phileas

Personnage obscur appelé Phileas ou Léopold, simple mais intrigant, il était à l'origine du Club des Damnés, bien que personne ne sache vraiment ni quand ni comment il l'a créé. Les rumeurs et les légendes circulant à son propos sont légions, et il serait pour certains un personnage séculaire, un envoyé du diable ou n'importe quoi qui pourrait justifier son influence. La vérité est pourtant toute autre, car Phileas était en réalité un multimilliardaire qui a notamment réactivé un vieux service secret chargé de stopper des menaces échappant à la justice. Mais il s'évertuait surtout à démanteler une *Organisation* aussi dangereuse que mystérieuse. Après s'être fait tirer dessus par un de ses ennemis, il apprit qu'Adélaïde, qu'il aimait et qui avait découvert son secret, avait été nommée agente secrète par *D*. Pour la protéger et la retirer du terrain, il la désigna pour la remplacer quand cette dernière mourut.
Par la suite, quelques mois plus tard Adélaïde et lui durent faire face ensemble à l'enlèvement de leurs enfants, événement qui le traumatisa tout autant que sa femme. Puis l'homme du club vécut une nouvelle épreuve tout aussi

difficile. Appréhendée par la C.I.A., celle-ci lui demanda dans un dernier espoir de les aider à arrêter un tueur en série sévissant à travers tout le pays. S'acquittant avec brio de sa mission, Phileas accepta cette tâche éprouvante, mais il découvrit au cours de son enquête certains odieux secrets de l'agence et qu'ils essayaient de le capturer. Leur ayant échappé de justesse il estima dès lors que le *Service* et le Club des Damnés n'étaient plus assez efficaces face à leurs ennemis et aux hommes de loi. Il eut alors une révélation, un dénominatif ; *les Artificiers*.

S'isolant, il passa dès lors plusieurs mois à créer à l'insu de ses proches ce nouveau service secret, basé sur la peur, l'intimidation et la manipulation.

Dernièrement, alors qu'ils venaient de récupérer Jean et Adrien, Phileas a démissionné du *Service*. Il s'acclimatait avec plaisir à sa retraite, lorsque les *Artificiers* et Adélaïde se retrouvèrent toutefois sur la même affaire. Et l'inéluctable arriva. Sa femme apprenant leur existence, elle l'accabla de reproches, et estimant qu'il l'avait trahie, aussi bien en tant que mari qu'en tant qu'agent, elle le quitta.

Phileas vécut très mal cette séparation, mais fut à l'inverse heureux d'avoir enfin retrouvé sa mère, portée disparue depuis trente-deux ans au moment de leurs retrouvailles. Puis avec du temps, ils se rapprochèrent de nouveau avec Adélaïde, recouchant même ensemble, mais le destin en décida toutefois autrement. Phileas apprit que dru avait placé un contrat sur sa tête à hauteur de dix milliards d'euros, et désireux de protéger sa famille, il fut forcé avec l'aide des *Artificiers* de mettre en scène sa mort pour s'enfuir. Les circonstances faisant qu'à ce moment, Adélaïde refusait de lui parler, il ne put hélas pas lui en parler et lui dire au revoir une dernière fois. Il ne put que dire adieu à sa fille ainée, Wanda, en lui offrant un dernier cadeau, un moment d'amour qu'elle avait toujours désiré.

Chloé

Première Reine qu'elle ait rencontrée, Chloé est devenue la meilleure amie d'Adélaïde.
Les deux femmes se sont quasiment tout de suite attachées l'une à l'autre et sont depuis deux amies complices et solidaires. Leur histoire ne s'arrête cependant pas qu'à leur amitié sans faille. En effet entraînées par la tension sexuelle qui régnait constamment au Club des Damnés, elles sont devenues à plusieurs occasions amantes avant qu'Adélaïde ne sorte avec Phileas, tissant entre elles un lien qui ne s'effilera jamais. Reine d'Or du Club, Chloé est une alliée fidèle et une figure de proue pour les Damnés. Les cheveux d'un blond caramel et le visage angélique, elle est une femme agréable et chaleureuse ouverte aux nouvelles amitiés et qui n'aime pas se prendre la tête pour un rien.
Il y a quelques années, suite à une nuit en tous points particulière, les rapports entre Chloé et Adélaïde devinrent de nouveau d'ordre intime. En effet Phileas et celle-ci décidant de croquer la vie à pleines dents après le rapt de leurs enfants, ils invitèrent leur amie et une de leur collègue, Bella, à venir passer la nuit avec eux. Entretenant depuis ce jour une étrange liaison à quatre, les trois jeunes femmes et le maître des Reines se considéraient comme amants et se voyaient régulièrement, jusqu'à ce qu'Adélaïde invite d'autres collègues à se joindre à eux. Ayant depuis ce jour eu des rapports avec les deux époux et trois autres femmes, Chloé se satisfaisait d'avoir une vie sexuelle qu'elle jugeait

fun et complète, jusqu'à ce qu'Adélaïde et Phileas retrouvent leurs enfants. Heureuse pour eux, elle accepta donc la fin de leur liaison en la fêtant dignement au cours d'une dernière nuit mémorable. Mais depuis ce jour, elle ne donna toutefois plus aucune nouvelle à son amie. Disparaissant de la circulation avec Caroline et Camilla, personne dans leur entourage ne sut pourquoi. Une chose était cependant sûre, cela ne leur ressemblait pas.

Jean

Jean, seconde Reine Rouge ou Reine de Sang du Club des Damnés était la meilleure amie de Chloé et d'Adélaïde. Tuée par l'*Organisation* que combat Phileas, celui-ci garda sa mort secrète jusqu'à ce que la vérité éclate d'elle-même. Personne ne sait vraiment quel lien les unissait, mais Jean restera dans le cœur des Reines et des Cavaliers comme une amie très chère perdue trop tôt.

Wanda

Wanda est la fille ainée de Phileas. Italienne fière et arrogante aux premiers abords, elle était au début une jeune femme déboussolée vivant difficilement sa situation. Sa mère morte alors qu'elle n'était qu'un bébé, elle vécut seule avec son père et appréhendait mal, malgré son confort luxurieux, sa fausse vie de conte italien et surtout ses absences à répétitions. Elle alla jusqu'à créer des tensions avec Adélaïde avant de finalement faire la paix avec elle-même et son père, et d'accepter sa vie d'agent secret telle qu'elle était. Chagrinée par la disparition de son petit frère et de sa petite sœur, Wanda décida d'intégrer le *Service* contre la volonté de son père, et entreprit des entraînements plus poussés avec ses agents. Puis lorsqu'elle apprit que Jarod, un jeune homme dont elle était tombée amoureuse, était toujours vivant, elle s'installa avec lui pour filer le parfait amour. Ces dernières années, Wanda a cependant eu un comportement plus que dérangeant et en totale contradiction avec sa vie de couple. Désireuse de tester l'inceste mais sachant pertinemment que son père refuserait, elle s'arrangea avec Adélaïde pour pouvoir faire l'amour avec lui. Phileas découvrant la chose, leurs relations furent tendues, mais avec le temps les choses s'arrangèrent malgré tout. Son père lui pardonna, et tâchant de continuer sa vie comme si de rien n'était, Wanda continue à chercher sa voie. Tombée enceinte de Jarod, elle se satisfaisait d'être bientôt maman et semblait heureuse au possible, quand elle apprit que son père avait créé les *Artificiers*. Ne lui adressant dès lors plus la parole, leurs relations furent très tendues, jusqu'à ce que Phileas découvre qu'il allait devoir s'enfuir. Désireux de voir sa fille une dernière fois, il lui proposa alors un rapport sexuel consentant, qu'elle accepta. Wanda fut ainsi la dernière personne à avoir vu son père en vie, et ne put dire à personne que c'était pour vivre une relation sexuelle incestueuse avec lui. Amère, elle s'en voulut d'ailleurs en découvrant sa mort de constater qu'il s'agissait là de son dernier cadeau.

Alfred

Cavalier confident d'Adélaïde, Alfred est un ancien agent de la DGSE, serviable, poli, loyal et toujours là pour prêter main-forte. Considéré par beaucoup comme le chef des Cavaliers, il était officieusement le bras droit de Phileas. C'est aussi lui qui a poussé Adélaïde à lui déclarer sa flamme. Après qu'elle ait découvert des mois plus tard la vraie nature de ses activités, la jeune femme apprit également la nature de leur lien : Alfred est le père de Phileas, et par conséquent le grand-père de Wanda, d'Adrien et de Jean.
Aujourd'hui, après avoir retrouvé Valentina, la mère de Phileas, Alfred a démissionné du Club des Damnés et s'est installé avec elle à Côme. L'ancien Cavalier a été comme tout le monde depuis très affecté par la disparition de son fils.

Jean & Adrien

Jumeaux d'Adélaïde et Phileas, Jean et Adrien ont été enlevés à la demeure familiale de Bretignolles-sur-Mer alors qu'ils n'avaient même pas trois mois.
D'abord cachés par leurs ravisseurs pendant plus d'un mois, ils ont ensuite été remis à l'*Organisation* qui avait payé pour le rapt. Phileas et Adélaïde furent très marqués par cet événement, car en plus de la peine et de l'incertitude concernant leurs enfants, ils étaient à deux doigts de les sauver, d'abord le jour de l'enlèvement, puis quand la transaction entre les ravisseurs et l'*Organisation* eut lieu, et enfin lors de leur attaque contre la demeure de Dru.

Déterminés à les retrouver, amers et revanchards, les deux parents remuèrent ciel et terre pour les retrouver, d'autant plus qu'ils reçurent par le biais d'un agent une photographie d'eux, toujours vivants et en parfaite santé.

Et puis un jour Phileas fut enlevé sur les ordres du docteur Dru. Séquestré, malmené, il vit malgré ses tourments une lueur d'espoir au bout du tunnel quand il aperçut Jean et Adrien. Âgés de presque deux ans, jouant ensemble, il tenta de les approcher mais fut stoppé dans son élan. Bien qu'ils ne se revirent plus, les enfants furent interloqués par son intervention, et les devinant très intelligents, Phileas espéra qu'ils comprendraient qui il était.

Probablement émue par ce père qui tentait de les récupérer, leur nourrice, Laura, s'enfuit peu après avec eux pour les soustraire à l'*Organisation*. En fuite mais entre de bonnes mains, Jean et Adrien continuèrent donc à grandir quelque part, leurs parents faisant leur maximum pour les retrouver, jusqu'à ce que les retrouvailles surviennent enfin. Adélaïde et Phileas remontant leur piste grâce aux anciennes relations de ce dernier, ils réussirent à les soustraire à Dru qui les avait de nouveau enlevés. Vivant depuis avec eux, les deux enfants s'épanouirent avec joie, conservant que peu de séquelles de leur rapt, et recevant toute l'affection de leur famille. La séparation de leurs parents puis le décès de leur père furent cependant difficiles pour eux, si bien qu'ils se réfugièrent dans un mutisme dont il fut difficile de les extraire.

Les Reines

Les Reines du Club des Damnés sont des créatures de rêves dans un lieu propice aux plaisirs et aux mystères. Chacune unique, chacune délicieuse, chacune pouvant être conquise... mais aucune acquise. Depuis la création du Club des Rodiers, le nombre de Reines n'a fait qu'évoluer. Bien qu'il n'y ait jamais eu à ce jour un seul instant où toutes furent réunies au club, il est rare que le nombre d'actives soit inférieur à une vingtaine. Il y a donc à chaque instant passé dans les lieux de délices, autant de visages que de désirs. Exotisme, fraîcheur, maturité… Il y a une Reine pour chaque goût.

Les Cavaliers

Vous désirez un verre ? Une collation chaude ou froide, une soupe de chocolat, un bouillon de légumes ? Vous aimeriez rejoindre une Reine dans une loge ou une salle de bain ? Vous vous êtes perdus dans les méandres du Club ? Demandez votre chemin, demandez un renseignement. Ces hommes en redingotes toujours serviables, toujours là, sont vos plus fidèles amis. Mais n'oubliez pas, un mot de leur part à l'oreille de ces dames et vous serez châtié.

Le Service

Le *Service* est un organisme secret agissant sans reconnaissance officielle et chargé d'appréhender ou à défaut d'éliminer toutes personnes échappant à la justice.

Son fondement est basé sur la légitimité et non la loi, dans un souci de faire respecter les droits de l'Homme. À l'origine totalement officieux, il est la réincarnation du *Syndicat*, un groupuscule créé dans les années 40 et réunissant des représentants de chaque nation, de chaque ethnie, de chaque religion et des deux sexes. Utopistes, ces gens voulaient créer un monde meilleur et plus juste, mais au lendemain de la Seconde Guerre mondiale, se rendant compte que l'argent avait gangréné le monde et que les gouvernements ne se souciaient plus de leurs citoyens, ils décidèrent que la seule façon de rendre le monde un tant soit peu plus juste était de mettre hors d'état de nuire les gens échappant au système pénal officiel. De rêveurs, ils étaient devenus des agents secrets impitoyables.

Dernièrement, la découverte du service des *Artificiers* et de son infiltration en son sein a fait vivre au *Service* des jours parmi les plus noirs de son existence. Ébranlés par les actions de Phileas, ses agents n'arrivèrent en effet pas à accepter sa trahison et eurent de la difficulté à se souvenir de tout ce qu'il a pu faire de bon. Mais avec le temps le *Service* regagna en vigueur, et la mort de l'ancien agent effaça l'amertume pour ne laisser place qu'à la reconnaissance de l'homme qui s'était dévoué à la justice.

Bella

Bella est l'agente *Quatre* du *Service*, autorisée tout comme l'était Phileas à tuer. Apparue d'abord aux yeux d'Adélaïde comme une rivale, la jolie brune ayant eu une aventure en mission avec le maître des Reines des années plus tôt, elle finit par devenir une collègue qu'elle respecte grandement.

Peu de temps après l'enlèvement des jumeaux, Bella devint un personnage prépondérant dans la vie des deux parents pour avoir participé avec eux à la mission *Margate*, des plus macabres.

C'est également au cours de cette mission qu'Adélaïde chercha du réconfort auprès d'elle, les rapprochant intimement. Toutefois gênée de ce dernier point la jeune femme marqua ses distances avec Phileas et elle, avant de finalement devenir leur amante quelque temps plus tard, trouvant apparemment le bonheur dans cette relation.

Elle joua malheureusement d'infortune. Lors de l'attaque visant à appréhender le chef de l'*Organisation* et à récupérer Jean et Adrien, elle fut défigurée. Son bras droit et toute une partie de son visage brûlés, Bella fut profondément meurtrie par cela, bien que ses amis aient réussi à lui redonner confiance en elle. Cela ne l'empêcha cependant pas de profiter de la vie. Elle multiplia ainsi les aventures avec ses collègues jusqu'à ce que Jean et Adrien soient retrouvés, et Phileas lui ayant annoncé qu'il payerait ses opérations, elle fit finalement de la chirurgie esthétique pour effacer ses cicatrices. À côté de ça, Adélaïde lui donnant la responsabilité de la remplacer lorsqu'elle n'est pas disponible, afin de voir si elle pourrait, un jour, lui succéder, Bella se prépare à devenir le moment venu la nouvelle cheffe, *Griffon*. Comme tout le monde, elle fut très affectée de découvrir l'existence des *Artificiers*. Découvrant en effet avec rage qu'un des agents qu'elle interrogeait en était un, elle succomba ainsi à sa rage et le molesta avec férocité, mettant son futur poste en péril. Elle en voulut d'ailleurs énormément à Phileas, qu'elle traita comme un pestiféré, avant d'être affligée comme les autres par sa mort. Bella ne comprenait pas ses actes, elle n'arrivait pas à les accepter, et ce n'est que lorsqu'il mourut, qu'elle réalisa qu'elle était en fait toujours amoureuse de lui.

D

D est l'ancienne cheffe du *Service*. Femme de caractère âgée d'une soixantaine d'années, elle voyait d'abord l'arrivée d'Adélaïde dans la vie de Phileas d'un mauvais œil, mais au fil du temps elle se montra plus douce. Lorsque Phileas se fit tirer dessus et oscilla entre la vie et la mort, elle intervint pour arrêter Adélaïde qui avait tué son agresseur, puis la nomma membre du *Service*. *D* fut abattue sous les yeux de Phileas quelque temps plus tard par le chef de l'*Organisation*.

Billy Daniels

L'agent Daniels du *Service* fut l'assistant de *D* durant les cinq dernières années de sa vie, puis est devenu à sa mort celui d'Adélaïde. Fidèle, observateur, et dévoué corps et âme à la tâche, il est un allié essentiel des deux parents, car il fait la liaison avec tous les agents dispatchés à travers le monde. Billy est un agent de bureau. Il n'aime pas particulièrement aller sur le terrain, et la seule fois où il le fit, sur la demande d'Adélaïde, cela fut tragique. Participant à l'enquête sur le docteur Sandre, supposé membre de l'*Organisation*, il se lia instantanément d'amitié avec une jeune Anglaise nommée Maggie, mais eut l'horreur le soir même de découvrir avec les autres que le fameux docteur la leur avait servie en repas. Daniels fut le seul à avoir commencé à en manger… Profondément choqué par cette affaire, où de vengeance il martela de coups Sandre, il sombra peu à peu dans la déprime. Quelque temps plus tard en dépit de sa peine il regagna malgré tout son poste, encore plus décidé à arrêter l'*Organisation*.

Alors que Phileas fut porté disparu, Adélaïde proposa à Billy qu'ils passent une nuit ensemble. La jeune femme et son mari ayant décidé d'avoir des relations extraconjugales contrôlées, elle s'offrit à lui en remerciement pour son dévouement. L'assistant étant attiré par elle s'en trouva ravi. Après deux ans de liaison, Billy fut cependant affligé d'avoir dû lui dire adieu. Il savait que leur aventure aurait une fin, mais très amoureux, il vécut assez mal de ne plus pouvoir la toucher. Et ce, même si pour leur dernière nuit, il eut également le droit de coucher avec Corie, Céline, Bella, Nathalie et Chloé. Le jeune homme put toutefois se vanter de continuer à voir Céline et Bella, et lorsqu'Adélaïde quitta Phileas, c'est notamment avec lui qu'elle le trompa. Billy n'a toutefois jamais osé dire à sa supérieure que Phileas voulait la voir avant de mourir, et qu'il l'en avait empêché.

Corie

Corie était la secrétaire de Phileas au *Service*. Chargée de gérer ses dossiers et de lui faciliter la vie en s'occupant de sa paperasse, elle s'est avérée depuis le début de ses attributions un soutien fidèle et dévoué. Quelque peu attirée par Phileas, elle eut il y a quelques années une aventure avec lui un soir alors qu'ils étaient en déplacement. Se servant de cette infidélité pour faire pression sur elle, Adélaïde la força ensuite à avoir un rapport sexuel avec elle.

À partir de ce jour, leurs rapports furent très tendus, Corie n'appréciant pas d'avoir été utilisée pour leur jeu et vivant mal le fait d'avoir trompé son petit ami. Un soir alors qu'ils furent obligés de dormir ensemble, la jeune femme fut toutefois extrêmement contrariée par celui-ci, et décidant de se venger, fit volontairement l'amour avec les deux époux. Leur annonçant alors clairement que tant que son petit ami lui ferait des cachoteries, elle leur serait soumise, ils furent amants jusqu'à ce qu'elle le quitte en lui montrant ses ébats avec Phileas, Adélaïde et leurs collègues. Deux ans plus tard, Corie est tombée enceinte au cours d'une nuit organisée par Phileas. Toujours amoureuse de lui, elle essaya de se faire à l'idée qu'ils ne se reverraient plus sexuellement ni professionnellement et qu'elle ne sera jamais avec lui. Comme tout le monde, elle fut affligée depuis de découvrir sa trahison, et lorsqu'il chercha à contacter Adélaïde, elle refusa de l'écouter. Consciente de sa part de responsabilité dans sa mort, elle démissionna ensuite du *Service*, trouvant qu'elle s'était perdue dans une rage incompatible avec ses valeurs.

L'Organisation

L'*Organisation*, appelée ainsi par le *Service* mais nommée par ses membres *D.N.C.* ou *Fantôme,* fut découverte lors de la mort de Jean. Personne ne sait vraiment grand-chose sur elle, si ce n'est qu'il s'agit d'un groupement organisé et bien plus dangereux que n'importe quelle organisation du crime. Après s'être rendu compte qu'elle avait infiltré la plupart des gouvernements et des services secrets, le *Service* a fait sa priorité numéro une d'arrêter ses exactions… et en représailles, elle a enlevé les enfants d'Adélaïde et Phileas.

Après l'enlèvement de Phileas il y a quelques années, le *Service* eut toutefois accès aux comptes bancaires et à des données sensibles de l'*Organisation*. Les utilisant à profit, ils lui portèrent un grand coup et la détruisirent pratiquement. Aujourd'hui après la mort du docteur Dru, l'*Organisation* est considérée comme totalement démantelée.

Le Docteur Dru

Ce personnage était pendant longtemps inconnu de tous… Mais alors qu'Adélaïde et Phileas croyaient toutes les pistes perdues concernant leurs enfants, un agent du *Service* basé en Italie leur fit parvenir une information capitale, un simple nom qui leur en apprit beaucoup : le docteur Eugène Timothy Dru était le chef de l'*Organisation*.

Cherchant dès lors sans relâche des informations à son propos, ils remontèrent avec difficulté sa piste, apprenant même avec stupeur qu'il était à l'université avec *D*, là où il l'a connue. Finalement lors d'une attaque sur sa demeure et l'une de ses bases, Phileas finit par abattre Dru. L'homme du club agit de la sorte, car il savait pertinemment qu'il ne révélerait jamais où étaient ses enfants et que l'entreprise qu'il avait bâtie perdurerait quand même.

Mais ce que Phileas ignorait c'est qu'il s'agissait en réalité d'un sosie. À l'insu du *Service* le docteur Dru était donc toujours vivant et dirigeait toujours l'*Organisation*, jusqu'à ce que l'homme du club rencontre un autre de ses doubles au cours d'une mission, et le tue également. Conscients dès lors qu'il était peut-être toujours vivant, ils reprirent de plus belle leur enquête.

Des mois plus tard, lorsque Phileas se fit enlever, il se retrouva finalement nez à nez avec le véritable Dru et s'engagea alors un duel de force entre eux deux. Aucun des deux ennemis ne le gagna vraiment, mais leurs échanges leur permirent toutefois d'en apprendre plus l'un sur l'autre. Aujourd'hui, le docteur Dru est mort : l'*Organisation* étant aux abois, il pensait pouvoir regagner en puissance en récupérant Jean et Adrien, mais Adélaïde et Phileas les lui reprenant, il n'eut plus rien à quoi se raccrocher pour tenter de rebâtir son empire. Se sachant condamné par ses ennemis, il mit alors la tête de Phileas à prix, et patiemment, attendit que les chasseurs de primes finissent le travail. Retrouvé au Venezuela par le *Service*, Dru fut ensuite abattu d'une balle dans la tête par Adélaïde et Céline, sa fille ainée.

Céline Dru

Céline Dru est la fille ainée du docteur Dru. Sollicitée après l'enlèvement des enfants par Adélaïde et Phileas pour les aider à trouver son père, d'abord réticente, elle accepta finalement de rejoindre le *Service*. Bien que promue agente double zéro, Céline évolua relativement loin des deux époux, jusqu'à ce qu'elle décide de participer à leur jeu et de s'offrir à Phileas pour tromper son ennui. Couchant depuis régulièrement avec lui, elle finit après son enlèvement par également avoir des rapports avec Adélaïde. Elle participa même avec celle-ci, Chloé, Bella et Corie, à l'orgie que cette dernière avait programmée pour se venger de son petit-ami. Dès lors profitant de son célibat, elle continua à voir ses collègues jusqu'à ce que Phileas et Adélaïde récupèrent leurs enfants. Et les méfaits de son père en partie corrigés, la jeune femme n'eut désormais plus qu'une seule idée en tête, retrouver sa sœur toujours portée disparue.

Entre temps, au cours de l'enquête de Karen, sa nouvelle collègue, où elle accompagnait *M*, elle fut torturée par le docteur Sterne de la pire des façons. Rouée de coups jusqu'à s'en trouver sans force, il la déshabilla et la cousit à Adélaïde. Les deux femmes ressentant toute la douleur sans pouvoir bouger ou crier, il les a attachées lentement l'une à l'autre avec du fil et une aiguille, et sans l'arrivée providentielle de Phileas qui coupa les fils avant que le paralysant ne fasse plus effet, leurs blessures auraient été beaucoup plus grave. Cet épisode marqua en tout cas durement Céline, qui en fut très traumatisée.

Céline découvrit ensuite comme ses collègues l'existence des *Artificiers*, et fustigea Phileas de messages de haine. Mais tombée amoureuse de Billy, le pire fut pour elle l'indifférence d'Adélaïde, qui bien qu'elle devina ses sentiments, trompa son mari avec lui. Les deux jeunes femmes finirent toutefois par se réconcilier, et la cheffe du *Service* retrouvant Clémentine, sa sœur, Céline put désormais retourner à la vie civile. Avant cela, elle participa toutefois à la mission visant à abattre son père, et réglant ses comptes, lui tira une balle en pleine tête pour toutes les années de souffrance qu'il lui avait imposées.

Les Artificiers

Créé par Phileas après son démêlé avec la C.I.A. le service des *Artificiers* est une version bien plus agressive que le *Service*. Chargés non pas de faire régner la justice mais de punir par la peur et la machination ceux qui y échappent et que le *Service* ne peut pas atteindre, les *Artificiers* sont en roue libre depuis que Phileas en a cédé la tête. Totalement indépendants et dénués de limites, agissant dans l'ombre des ombres, ils sont devenus une légende urbaine, marquant le folklore mondial de leurs interventions aux apparences surnaturelles.

Mais Adélaïde a depuis découvert leur existence et après une chasse aux sorcières au sein du *Service*, ses trois agents infiltrés ont été découverts. Les deux organismes vécurent après cela une période de tension qui ne fut débloquée qu'à la mort de Phileas. Adélaïde et d'autres agents furent en effet sauvés par des *Artificiers* alors qu'ils menaient l'assaut sur la dernière base de Dru, les forçant à revoir leur jugement, et bien qu'elle n'en a parlé à personne, Adélaïde sut ce qu'ils avaient fait pour sauver Phileas. Leur en étant reconnaissante, elle a accepté leur existence et cherche depuis à bâtir une alliance.

Valentina

Mère de Phileas et grand amour d'Alfred, Valentina D'Allegra a abandonné son fils devant un orphelinat en 1985. Trente-deux ans plus tard grâce à un détective privé, les deux hommes l'ont toutefois retrouvée et ont découvert pour quelles raisons elle avait dû quitter leur vie. Pour échapper à un mariage imposé avec Fabio Pellegrini, le fils de la mafia milanaise qu'elle haïssait, Valentina dut ainsi dans un premier temps fuir sans possibilité de revoir Alfred ou ne serait-ce que le prévenir. Exilée ensuite en France elle y éleva seule Phileas, lorsque sa famille retrouvant finalement son titre et son prestige, elle put enfin revenir après sept ans chez elle. Mais elle découvrit alors avec stupeur qu'elle devait toujours se marier avec Fabio. Désirant faire passer le bienêtre de son fils avant tout, elle fut cependant prête à accepter son sort, quand violée par le jeune homme, elle le tua par légitime défense. Certaine dès lors qu'elle ne pourrait plus élever son fils dans de bonnes conditions, son crime entraînant la mafia à ses trousses, elle l'abandonna donc avec regret pour qu'il ait une meilleure vie. Fuyant une seconde fois, cette fois avec son père, Valentina rejoignit ainsi la Russie où elle se cacha jusqu'à ce que Phileas et Alfred la retrouvent enfin.

Bien que constatant l'horreur de sa vie, les deux hommes furent heureux de l'avoir retrouvée. Rentrant en Italie avec son père mourant après trois décennies de fuite, Valentina désormais grand-mère découvrit ainsi peu à peu tout ce qu'elle avait raté. Hélas, son père et son fils morts dans le mois suivant son retour, Valentina a du mal à tenir le choc.

Table des matières

Léopold O'Clock contre Lord Fellow

1

16 octobre 1902

Londres était sous la pluie et le froid de l'automne. Les arbres s'agitaient, les feuilles mortes volaient, et la Tamise était déchainée. Big Ben sonna onze coups.

Le bateau en provenance du continent longea calmement le quai et accosta par un temps de cochon la capitale britannique. Il apportait nouvelles, commerces, épices, et passagers. L'un de ces passagers tout particulièrement, venait directement de Paris en mission spéciale. Il était attendu à Londres, mais loin d'en être ravi. Comment pourrait-il en être autrement dans sa situation ?

Les aussières amarrées, les gens à bord du *Téméraire* descendirent hâtivement en se protégeant de la pluie naissante à l'aide de leurs chapeaux, de leurs parapluies, ou même de leurs journaux, et partirent rejoindre amis et parents. Quand tous furent partis, par la diligence ou à pied, Léopold O'Clock sortit alors enfin, sa canne à la main, sans nullement se soucier de la pluie. Sa venue ici était à la fois si agaçante et si désolante, qu'il ne se sentait pas touché un instant par un si insignifiant détail que de l'eau sur ses vêtements. Descendant la rampe dans le plus grand calme, le visage aigri par la douleur, il avança vers le quai pour enfin poser le pied sur la terre ferme. Remarquant la femme élégamment vêtue, l'homme habillé sur son trente-et-un, le commissaire perplexe à sa vue, et les policiers attendant derrière en tenant les parapluies au-dessus de leurs têtes, tous postés devant la dernière diligence, il se dirigea vers eux d'un pas las.

— Monsieur O'Clock ? Monsieur Léopold O'Clock ? demanda le commissaire en s'avançant à sa rencontre.

— Qui voulez-vous que ce soit d'autre ? répondit amer Mr. O'Clock.

Le chef de la police ne rétorqua pas, conscient de la futilité de sa question, et l'invita à le suivre vers l'homme et la femme bien entourés.

— Voici Sir Thomas Coben, ancien brigadier en poste à Glasgow, et Miss Sally Deglow. Respectivement l'assistant et la secrétaire de feu votre frère, annonça-t-il en présentant les deux nommés.

— Monsieur, fit Mr. Coben en lui tendant la main.

Mr. O'Clock la lui serra en le regardant dans les yeux, puis se positionna en face de Miss Deglow. La jeune femme releva alors la tête, son visage apparaissant sous son chapeau, et lui adressa un sourire à peine perceptible. Ils se serrèrent la main par politesse.

— Phileas ne me parlait pas de vous, mais je sais qu'il n'en pensait pas moins que vous étiez des gens exceptionnels, s'exprima-t-il en guise de salutation.

— Merci monsieur.

Mr. O'Clock acquiesça de la tête, un peu perdu, mais le commissaire l'invita à monter dans la diligence, ce qui le tira de sa torpeur.

— Bien, accepta-t-il.

Mr. O'Clock monta dans la diligence et s'y installa confortablement.

— N'avez-vous point pris d'affaires, monsieur ? demanda Miss Deglow.

— Nul besoin, celles de mon frère m'iront parfaitement, je n'ai à moi que cette canne, répondit Mr O'Clock en la regardant.

La jeune femme ne dit rien, faisant un peu la moue, et monta sans rien ajouter, suivie de Sir Thomas et du commissaire.

— Huh cocher ! cria ensuite celui-ci.

Le cocher acquiesça de la tête et secoua les rênes en beuglant pour intimer l'ordre aux chevaux d'avancer. La diligence laissa alors les policiers de soutien en arrière et s'enfonça dans la ville vers le quartier de l'East End.

2

À l'intérieur du véhicule, Mr. O'Clock s'essuya le visage et dégagea un rideau pour regarder au-dehors. Le temps était gris, maussade et triste, mais quoi de plus normal à Londres, pensa-t-il, c'était la ville de la morosité. Chahuté par le transport, le fracas des roues sur les pavés le ramenant à la triste réalité, il se reconcentra sur le moment présent et regarda plus en détail l'homme assis en face de lui. Solide homme point trop imposant mais tout de même costaud, il portait un costume gris avec un chapeau melon assorti, avait une montre de poche dont la chaîne était en or, et portait une moustache rousse assez fournie. La jeune dame à côté de lui, la secrétaire, blonde châtain, portait les vêtements et le chapeau type d'une femme vivant dans son époque et selon les moyens de son rang. On voyait qu'elle était entretenue financièrement, sûrement par son défunt frère, mais ses yeux cachaient de l'intelligence et un caractère bien trempé qu'on ne remarquait que peu, tant sa beauté était éclatante. Cette femme n'était pas une simple femme. Enfin, à côté de lui-même, se trouvait le commissaire de la Metropolitan Police Service, habillé de noir avec un chapeau type. Lui aussi était roux, mais avant tout, il semblait intelligent et ennuyé.

— Je n'irai pas par quatre chemins, commença-t-il d'ailleurs.

— Je vous écoute, annonça tout ouïe Mr. O'Clock sans toutefois le regarder.

— Nous vous avons demandé de venir, car nous aimerions que vous repreniez l'affaire de votre frère.

— Dites-moi quelque chose que je ne sais pas… soupira Mr. O'Clock en regardant les gens défiler au-dehors.

— Je vous demande pardon ?

— Je ne sais pas par exemple pourquoi le commissaire Edward Bradford lui-même se déplace en personne pour venir m'attendre sous la pluie, reprit-il.

— Et bien parce que votre frère était un bon ami, répondit honnête le commissaire.

Mr. O'Clock ne répondit pas ni même ne tourna les yeux. C'était tout Phileas ça, l'ami de tout le monde…

— Mr. O'Clock, votre frère a été d'un grand secours à cette ville, et nous aimerions que vous repreniez son œuvre, révéla Miss Deglow, presque implorante.

— Je ne suis pas mon frère, annonça Mr O'Clock en la regardant dans les yeux.

— Mais vous avez son talent, ajouta Sir Thomas Coben.

— Le meurtre de votre frère est une tragédie pour nous, comprenez le bien, reprit le Commissaire, mais…

Léopold O'Clock n'écouta pas la suite, il regarda de nouveau au-dehors. Il savait pertinemment pourquoi il était là, et pourquoi ses entrailles se retournaient. On l'avait appelé pour reprendre l'affaire familiale après le meurtre de son frère jumeau. Alors que lui était parti de Londres pour aller en France, à Paris, Phileas était ainsi resté ici, agissant comme bureau d'enquête et de soutien de la police, le *Investigation Office for the London Police*. Ils avaient dès lors vécu leurs vies séparément, n'échangeant que très peu. Et voilà qu'il devait revenir en cette ville qu'il détestait, pour ainsi dire reprendre ses exploits.

— ... et nous pensons que vous pourriez être d'un grand secours pour retrouver son assassin.

— Qu'en est-il de Holmes ? plaisanta O'Clock.

Le commissaire et les deux membres de l'*Investigation Office* se regardèrent mal à l'aise... Aucun ne souleva l'allusion.

— Nous aimerions vraiment que vous repreniez les enquêtes de votre frère, monsieur, conclut le commissaire.

— J'ai pris la peine de venir, ne croyez pas un instant que j'ai fait le voyage pour rien. Je vais finir son travail, ne vous en faites pas... je lui dois bien ça, annonça Mr. O'Clock, sincère.

Le commissaire et les deux acolytes se regardèrent de nouveau, soulagés. C'était un don du ciel.

— Je reconnais bien là votre frère, vous lui ressemblez tellement, annonça Miss Deglow.

— Miss Deglow, je ne suis pas mon frère, nous avions beaucoup de désaccords.

— En tout cas cela sera un honneur de travailler avec vous, fit Mr. Coben. Il nous disait beaucoup de bien de vous.

— Vous teniez beaucoup à lui n'est-ce pas ? les interrogea Mr. O'Clock.

— Oui, avoua Mr. Coben.

— Oui, il était le meilleur...

— Oh oui... le meilleur de nous deux...

Un malaise s'installa dans la diligence. Le commissaire, Mr. Coben et Miss Deglow s'échangèrent des regards, conscients de la souffrance de Mr. O'Clock. Il semblait bien plus atteint qu'il ne voulait l'admettre et cela se ressentait. Ils s'en doutaient de toute façon, cette perte devait lui être plus douloureuse encore que pour eux.

— Qu'est-ce donc ? demanda Miss Deglow en désignant sa canne de sa main gantée avant qu'il ne sombre dans la douleur de sa perte.

— Voyez-vous ma chère, il s'agit d'une canne... commença Mr. O'Clock.

Miss Deglow s'offusqua immédiatement de cette remarque désobligeante, mais son nouveau patron se garda bien de lui laisser croire plus longtemps que c'en était effectivement une.

— C'est une canne révolutionnaire. Une des inventions de mon père. C'était un assez grand inventeur voyez-vous, et cette canne renferme toutes sortes de gadgets, comme il appelait ça. Mon frère lui, a hérité de son pistolet magique.

— Oui, formula Mr. Coben. Son revolver à tout faire...

— Tout à fait, s'amusa Mr. O'Clock.

— Nous n'avons pas retrouvé cette arme, d'ailleurs, annonça le commissaire en allumant sa pipe.

— Bien, quand vous la retrouverez, vous trouverez l'assassin.

— Je... oui, c'est évident.

Le commissaire tira quelques bouffées et souffla sa fumée dans la cabine.

— S'il vous plait, pourriez-vous éteindre cette pipe, je n'apprécie pas la fumée, demanda Mr. O'Clock.

— Euh, bien, bien.

Le commissaire s'empressa d'éteindre sa pipe, honteusement gêné.

— Mes excuses, votre frère fumait alors…

— Et bien moi non.

— C'est retenu.

Mr. O'Clock inspira fortement, toujours mal à l'aise d'être de retour en Angleterre.

— Comment a été tué Phileas ? osa-t-il enfin demander.

Les trois voix furent muettes, et les trois paires d'yeux se regardèrent encore. Eux aussi étaient mal à l'aise.

— De façon assez indigne, on lui a tiré dans le dos par une nuit noire, révéla Sir Thomas, prenant la parole. Trois balles. Le revolver a été volé à ce moment-là.

— Des indices ? Des suspects ?

— Aucun, ou plutôt des dizaines. Votre frère a participé à plus de cent de nos enquêtes et le triple en tant que détective pour le compte de résidents, précisa le commissaire.

— Je vois…

Bradford se racla la gorge, irrité, et entama finalement le sujet qui l'embarrassait.

— Maintenant que vous avez accepté de reprendre le travail de votre frère, j'aimerais que vous veniez sur le lieu d'un crime commis ce matin, annonça-t-il. Nous aurions besoin de vos lumières.

— Puis-je rentrer à la maison de mon frère avant d'aller sur le terrain ? demanda Mr. O'Clock.

— J'aimerai autant que vous passiez quelques minutes sur le lieu du meurtre d'abord, fit la moue l'homme, c'est sur le trajet.

— Meurtre ? s'étonna O'Clock.

— Oui, un assassinat étrange. La victime a été retrouvée un couteau dans la gorge. Il y est toujours d'ailleurs, enfoncé jusqu'à la garde.

— Je doute qu'il se soit fait cela tout seul, annonça Mr. O'Clock.

— C'est exact.

— En quoi est-ce donc mystérieux ?

— Ce qui est mystérieux, c'est qu'il est mort dans une pièce fermée de l'intérieur. Portes et fenêtres, annonça Miss Deglow.

— Vous êtes déjà allé sur les lieux ? l'interrogea O'Clock.

— Non, nous vous attendions, annonça la jeune femme.

— Sir Thomas ?

— Idem.

— Bien, était-ce chez lui ? demanda-t-il alors en se tournant vers le commissaire.

— Non, il était l'un des convives de Lord Fellow.

— Est-ce un membre de votre parlement ?

— Bien évidemment.

— A-t-il une entreprise ? Ou autre chose ?

— Oui, tout à fait. Il a participé à l'élaboration de la rénovation du réseau des canaux des égouts via une de ses entreprises, il a grande influence en haut lieu, plus que beaucoup d'autres, il est riche, et surtout, il est très en vue.

— Était-il sur place au moment du meurtre ? demanda Miss Deglow, devançant la pensée de Mr. O'Clock.

— Non, il était ailleurs. La maison était fermée de l'intérieur mais les autres convives, une dizaine parmi les plus riches et les plus influents de la ville, étaient là, répondit le commissaire.

— Bien, alors allons voir cela, accepta O'Clock.

3

Une douzaine de minutes plus tard, les portes de la diligence s'ouvrirent devant la riche maison de Lord Fellow sur Sir Thomas Coben, regardant l'heure avant de regarder le ciel enfin ensoleillé, intrigué, Miss Deglow, belle et intelligente sous un somptueux chapeau, le commissaire Edward Bradford, pipe à la bouche, et enfin le nouveau Mr. O'Clock, canne à la main. La police empêchait la foule de passer mais les quatre arrivants se doutèrent bien que leur venue intéressait bien plus que l'annonce de la mort du Commandant Williams.

— Le fait de la mort de mon frère a été révélé? demanda Mr O'Clock en voyant la foule.

— Oui, ainsi que celle de l'arrivée de son frère jumeau, qui reprend le bureau, souligna Miss Deglow.

— Parfait, comme ça on ne me prendra pas pour lui.

— Venez, c'est par ici, fit un policier en désignant de la main l'intérieur pour les inviter à le précéder.

Les quatre nouveaux arrivants acquiescèrent et montèrent sous le perron avant d'entrer dans la demeure. L'intérieur était riche et fourni, luxueux, baigné d'une lumière douce et rassurante. On sentait toutefois dès le premier pas dans le hall qu'on était dans la résidence de quelqu'un de très aisé. Cela se voyait et se ressentait plus encore, on avait la désagréable impression de ne pas être à sa place, comme cerné par un malaise insondable. Le *cabinet IO* et le commissaire se dirigèrent de ce fait vers les escaliers en face d'eux et où les attendait l'inspecteur, désireux d'en finir au plus vite.

— La victime siégeait au Parlement, il s'agit de Lord Williams, annonça-t-il en les conduisant immédiatement vers la chambre.

— John Greenwood, Léopold O'Clock, frère de Phileas O'Clock, fit Sir Thomas en les présentant.

— Enchanté, annonça l'inspecteur en tendant la main.

— Moi de même, répondit O'Clock.

— J'espère que vos policiers n'ont pas détérioré les lieux du crime, fit Miss Deglow, irritée.

— Non, rassurez-vous, déclara l'inspecteur à son attention.

4

— Voilà, c'est ici que le crime a eu lieu, annonça Greenwood en désignant la chambre d'ami située en face de l'escalier et devant laquelle tournaient des policiers.
Les nouveaux arrivants entrèrent dans la pièce, et commencèrent instantanément à regarder avec minutie tout ce qui s'y trouvait pour relever les indices et les faits. Les trois membres de *L'Investigation Office* alors en place, et Léopold O'Clock étant présenté, le commissaire repartit à Scotland Yard après avoir informé que l'inspecteur Greenwood serait son interlocuteur. Les deux hommes se saluèrent donc, et l'enquête commença. Thomas Coben,

observateur et déducteur, montra alors aussitôt de sa canne, l'autre main dans la poche, les fenêtres scellées et verrouillées de l'intérieur.

— Tout était rigoureusement fermé. Lorsque les convives de Lord Fellow se sont aperçus au petit matin que notre victime était absente, ils ont appelé la police qui a défoncé la porte et trouvé le corps, annonça Greenwood, explicite. La clé de la porte était dans la serrure à l'intérieur.

— Un suspect ? demanda Coben.

— Oui, tout désigné, l'homme à qui appartenait le couteau, le fils de la victime, accusé de pratiquer la sorcellerie.

— Comme c'est commode, fit O'Clock en regardant la victime, Lord Williams, assis contre le haut de son lit, le couteau enfoncé avec une rare violence dans le cou, la garde seule visible tandis que cinq centimètres de lame ressortaient dans la nuque.

— C'est exact, confirma Coben.

— Le côté meurtre impossible tend la masse populaire à se tourner vers le superstitieux. L'arme, l'appartenance présumée à la sorcellerie, le fils est bon pour la corde, souligna Miss Deglow.

— Espérons qu'on le sauve à temps alors, acquiesça Coben.

— Bien, j'en ai vu assez, annonça O'Clock, qui avait inspecté toute la pièce du regard. Voulez-vous bien tous sortir de cette chambre s'il vous plait ?

— Je vous demande pardon ? demanda étonné Coben.

— J'aurais besoin de trente bougies, pourriez-vous me les amener ? déclara ensuite Mr. O'Clock.

— Je… oui, oui, bien sûr.

— Parfait.

— Je vous amène cela tout de suite, s'exclama Coben avant de sortir de la pièce pour se rendre dans la rue.

— Une idée, Mr. ? demanda Miss Deglow.

— Oui, je pense. Que pouvez-vous me dire de la victime Miss ?

— Ce que j'en ai lu dans les journaux. Veuf, un brin orgueilleux mais honnête, travail dans le commerce.

— Le commerce ? Quel genre ?

— Avec les colonies. De l'importation essentiellement.

— Du douteux ?

— Pas que je sache.

Mr. O'Clock acquiesça.

— Bien. Il faudra se documenter sur lui. Quels sont les autres convives, Greenwood ?

L'inspecteur ne répondit pas tout de suite, comme figé.

— Greenwood ? redemanda O'Clock pour le sortir de ses rêves.

— Oh, euh, pardon… c'est que vous lui ressemblez tellement.

— C'est ce qui arrive quand on a un jumeau.

— Oui, je…. Oui. Que voulez-vous savoir ?

— Quels étaient les autres convives ?

Greenwood sortit un calepin de sa poche et lut rapidement les noms inscrits dessus.

— Lord Philips, Dame Roberts, Sir Clarke, Sir Lewis, Miss Allen, Mr. Bell et enfin Sir Patel.

— Que pouvez-vous me dire là-dessus ?

— Des gens de bonne famille, assez importants à Londres, fit Greenwood.

— Tous membres au parlement, que ce soit à la Chambre des Lords ou à la chambre commune, ajouta Miss Deglow.

— Même Dame Roberts et Miss Allen ?

— Non, mais elles sont très influentes, et la rumeur prétend qu'elles entretiendraient bon nombre de Lords, rajouta la jeune femme.

— Je vois… Quelque chose se tramait ici, pour que soient réunies autant de personnalités.

— Pour sûr, mais quoi ? déclara l'inspecteur.

— Je ne sais pas encore…

— Voici vos bougies, annonça Coben en revenant, une caisse de bougies en mains.

5

À l'extérieur de la chambre.

— Que croyez-vous qu'il fait ? demanda Greenwood en se penchant vers Coben et Miss Deglow.

— Je ne sais pas, répondit la jeune femme. Je suis surprise tout autant que vous de l'avoir vu installer les bougies en cercle au milieu de la pièce avant de les allumer.

— Monsieur Léopold est aussi illustre que l'était Phileas. Ne vous en faites pas, souligna Coben.

— Il ne semble pas affecté par le chagrin que vivent habituellement les gens perdant un frère, formula cependant Miss Deglow.

— Chacun réagit à sa façon, et une dispute était peut-être à l'origine de son départ.

— Nous verrons bien…

— Pensez-vous qu'il est digne de confiance ? interrogea Greenwood.

— Je ne sais pas, avoua Miss Deglow en s'avançant un peu vers la porte, mais il me semble bon, au fond.

Alors que la jeune femme tendait l'oreille pour percevoir un bruit, la porte s'ouvrit à la volée. Léopold O'Clock sortit alors de la chambre, satisfait.

— Qui a fait construire la maison ? demanda-t-il.

— Lord Fellow lui-même, annonça Greenwood. Pourquoi ?

— Par curiosité, annonça O'Clock.

— Qu'avez-vous découvert ?

— Oui, dites-nous ! s'empressa de demander Miss Deglow.

— Nous en discuterons après avoir fait le tour de la question. Nous devons voir le fils de la victime, les autres convives, et enfin Lord Fellow.

— Bien, annonça Coben, nous aurions aussi des informations à vous communiquer.

— Parfait. J'en ai fini ici, vous pouvez dire à vos hommes qu'ils peuvent emmener le corps.

— Bien monsieur.

Léopold O'Clock salua l'inspecteur, fit signe à Miss Deglow et Mr. Coben de le suivre, et descendit l'escalier. Ils interrogèrent alors tour à tour les différentes personnes présentes dans la demeure au moment du meurtre. À la grande surprise générale, personne n'avait rien vu.

« Il est allé se coucher à 22h30 à peu près, au milieu des festivités. »

« Son fils est le malin personnifié. Il faudrait le brûler ! »

« Il était sans histoire, hormis concernant cette affaire de diamants exportés d'Afrique du Sud. Cela a détruit son entreprise. »

« Cela allait lui apporter beaucoup oui, car comme pour nous tous, les temps sont durs. Mais le bateau s'est échoué en mer, emportant d'ailleurs le bon capitaine Smith, on n'a

retrouvé que des matelots à moitié dévorés par les requins.
Lord Williams a tout perdu, il devait beaucoup. »

« Ce n'est pas moi, je vous le jure ! Jamais je n'aurai fait
de mal à mon père ! »

« Je n'étais pas là, j'étais parti raccompagner Lady
Ravenwood chez elle un peu avant qu'il n'aille se coucher.
Je suis rentré tôt ce matin. C'est à ce moment que j'ai
appris le drame. Je mettrais d'ailleurs cette maison en
vente dès demain et congédierait mon personnel. Comment
vivre dans une demeure ayant hébergé un assassin
parricide ? »

« Vraiment ? » avait demandé Léopold.

« Oui, cela va porter un coup encore plus dur à mes
affaires. » avait répondit Lord Fellow.

« Attendez-vous des livraisons prochainement ? »

« Oui, un de mes bateaux arrivera dans quelques jours
depuis l'Inde. »

Puis ayant entendu tout ce qu'ils avaient à savoir, congédiant les témoins, Léopold, Sally et Thomas en ayant fini, ils s'en retournèrent à leur diligence. Dans le hall, Léopold intercepta toutefois rapidement une femme de chambre pour lui demander quelque chose, sans que Sally et Thomas ne puissent le distinguer. Une fois son information obtenue, il les rejoignit alors et ils sortirent de la demeure.

— Tout de même bien commode que le maître des lieux fut absent au moment du meurtre, annonça Sally.

— Très commode, consentit Coben.

— Rentrons à la maison, il est nécessaire que je me change, déclara Léopold.

6

Léopold O'Clock arriva à son nouveau chez lui, la maison de feu son frère, où il logeait avec sa secrétaire et son assistant, et où étaient installés leurs bureaux.

— La chambre de Phileas est toujours au second étage, à droite ? demanda-t-il.

— Oui, répondit Miss Deglow.

— Parfait !

Léopold monta les escaliers et fonçant dans la chambre, partit enfiler des vêtements propres. Prenant le temps d'égoutter son parapluie et de soigneusement enlever son chapeau et sa veste, Miss Deglow observa les traces d'eau qu'il avait laissées dans l'escalier. Elle tiqua devant un côté désordonné absent de chez feu Phileas.

— Ce sera une nouvelle vie, Sally, déclara Thomas Coben.

— En effet, tout sera bien différent avec lui…

L'ancien brigadier sourit à la jeune femme, puis commença à essuyer les marches, tandis que la jeune femme se rendit à la cuisine pour préparer le repas du midi.

Dix minutes plus tard, redescendant, Léopold O'Clock se présenta à table où Sally et Thomas l'attendaient.

— Je voulais vous remercier Monsieur, commença Miss Deglow alors qu'il s'installa à table. D'avoir repris le travail de votre frère.

— Oh, taisez-vous, je ne fais pas ça pour vous faire plaisir, ni pour lui, déclara franchement Léopold en étalant sa serviette sur ses cuisses.

— Je… fut surprise Miss Deglow.

Puis elle s'énerva.

— Vous êtes un sale rustre sans aucun respect ! lui vociféra-t-elle au visage.

Sans crier gare, elle sortit alors de la cuisine et monta à l'étage dans sa chambre. Mr Coben prenant sur lui, il resta pour manger avec son nouveau patron.

— Ne lui en voulez pas, elle était très attachée à feu votre frère, déclara-t-il.

Léopold commença à déjeuner, fatigué de ce genre de remarques.

— Je ne suis pas mon frère.

— Je… oui monsieur.

*

Deux heures plus tard, Léopold était dans le salon, triant des papiers appartenant à son frère, quand Hector apparut dans l'entrée.

— Mon dieu, mon frère a gardé ce bâtard de chien ! s'exclama-t-il.

— Ce chien est très affectueux, s'indigna Sally en arrivant pour le prendre dans ses bras, offusquée.

— C'est cela oui, il a mordu plus de fessiers dans leurs jeunesses que tous les autres chiens du quartier ! C'est une monstruosité sans nom.

Le chien poussa un grognement de surprise, comme s'il s'offensait de cette parole, comprenant les dires de son nouveau maître.

— Oui je parle de toi Hector, infâme vermine puante et dévoreuse de journaux !

— Monsieur, ce n'est qu'un chien !

— Ce chien est une plaie ! Et vous, vous devriez manger !

Miss Deglow se contraria encore plus à cette remarque.

— Je n'ai pas faim, répondit-elle en lui tenant tête.

Léopold posa les papiers qu'il avait en main sur le bureau, et se tourna vers elle.

— Refuser de manger pour me montrer que vous désapprouvez mon caractère est ridicule. Au contraire, prenez des forces pour pouvoir m'en coller une bien forte dès lors que vous aurez le courage de frapper ce visage !

Sally Deglow rouspéta, et partit s'assoir à la table de la cuisine pour manger son repas. Tandis que Léopold appela la capitainerie pour obtenir un renseignement, Thomas Coben assis dans son fauteuil sourit avant de reprendre la lecture de son journal.

7

Léopold était désordonné et brouillon dans sa façon de vivre, mais méticuleux quant à son travail, il ne cessait de le dire. Hélas, toutefois, les jours avançant, il ne semblait pas se consacrer à la tâche qu'on lui avait confiée. Il n'avait même pas revu Lord Fellow, les convives et le fils de la victime pour entendre si leurs versions de l'histoire avaient changé. À la place, il mettait la pagaille dans les affaires de feu son frère et feu son père, lancé à la recherche d'indices ou de notes pouvant l'éclairer sur des dossiers qu'il ne voulait pas révéler.

Sally lui reprocha ainsi rapidement et à maintes occasions son attitude, rouspétant quant à ses manières désinvoltes et son manque de savoir-vivre alors que la police demandait où en était l'enquête. On leur avait confié une mission, et il ne semblait pas s'en préoccuper le moins du monde. À bout de nerfs devant tant de désintérêt à résoudre cette affaire, la jeune femme le compara à Phileas le quatrième jour de son arrivée, le qualifiant de piètre copie de son défunt jumeau. Léopold refusant catégoriquement d'entendre parler de lui, une violente dispute explosa alors entre les deux colocataires. Léopold fulmina avec une rare violence à l'encontre de la secrétaire, énervé, et Coben dut le calmer et le retenir pour éviter que cela ne s'envenime. La nouvelle cohabitation semblait donc impossible, loin de ce que Thomas et Sally en attendaient.

Mais le nouvel arrivant du 16 Goswell Road accepta malgré tout de se tempérer en entendant la demoiselle pleurer le soir même dans sa chambre alors qu'il se rendait sur les quais. Triste, conscient de sa détresse, il accepta alors finalement le simple fait que s'il était brouillé avec Phileas, eux tenaient beaucoup à lui. Il s'excusa alors auprès de Sally dès le lendemain pour son attitude et son manque de respect, acceptant l'affection qu'elle éprouvait pour son défunt frère, et promettant de faire un effort pour ne pas ternir ses souvenirs.

Sally accepta ses excuses, et accepta qu'il ne fût pas Phileas.

— Bien, nous pouvons donc repartir du bon pied, avait annoncé Coben.

Léopold avait hoché de la tête, puis était retourné dans sa chambre. Le soir même, vers minuit, il entra alors dans la chambre de Thomas, puis de Sally le sourire aux lèvres, et s'écriant avec joie :

— Nous devons entrer par effraction chez Lord Fellow !

8

Il faisait nuit et la rue était calme. Après cinq jours à se supporter sans que Léopold ne parle une seule fois de l'enquête, les trois compères d'infortunes étaient enfin de sortie, et pénétrant la propriété de Lord Fellow, se dirigèrent vers la porte de service.

— Pourquoi ce soudain intérêt dans l'affaire ? demanda en chuchotant Coben.

— Parce que je viens d'arriver ! répondit Léopold à voix basse. Je voulais que Lord Fellow se sente en confiance en pensant que je n'étais pas à la hauteur de mon frère. Cinq jours m'ont paru être le timing parfait.

— Comment cela ? Vous avez résolu l'affaire ? s'étonna l'ancien brigadier.

— Bien sûr ! Dès le premier jour sur le lieu du crime.

— Oh bon sang !

Ils arrivèrent devant la porte de service, et sortant un jeu de clés de sa poche, Thomas Coben les essaya.

— Permettez ! s'exclama Sally.

Miss Deglow sortit un pistolet de sous ses vêtements, et tira sur la serrure.

— Mais quelle femme ! s'amusa Léopold.

— La meilleure ! sourit-elle.

Les trois comparses entrèrent dans la demeure, et se mouvant avec synchronisation, semblèrent avoir fait équipe pendant des années. C'était étrange, mais le goût de l'aventure avait effacé les animosités et le ressenti pour laisser place à l'*Investigation Office for the London Police*, un triumvirat d'experts au service de la justice.

— Comment diable avez-vous résolu cette affaire ? s'étonna Coben tandis qu'ils montèrent les escaliers.

— Facile, répondit Léopold, les bougies indiquaient un courant d'air, alors que tout était fermé. Cela laissait à supposer qu'il y ait un passage secret dans la pièce. Comme Lord Fellow a fait construire la maison, il est logique que cela soit de son fait et cela le désigne comme étant l'auteur du crime.

— Mon Dieu, j'aurais dû m'en douter ! s'exclama Sally.

— J'ai résolu des affaires bien plus difficiles en France ! avoua alors Léopold. Venez, nous devons monter dans le grand salon.

— Oui mais pourquoi le tuer chez lui ? Pourquoi faire ça dans sa propre demeure ?

— Pour pouvoir faire accuser son fils sous couvert de paranormal en utilisant le passage secret. Comme Sally l'a dit, avec une telle mise en scène, l'enfant finira sur le bûcher. La lignée interrompue, personne ne suspectera l'homme affligé que le crime ait été commis chez lui. Il pourra alors récupérer les diamants de la mine sud-africaine.

— Mais le bateau s'est échoué en mer ! s'exclama Sally.

— Allons bon !

— Mais enfin ! Comment savez-vous tout ça ? On ne vous a pas vu un instant travailler sur l'affaire !

— Je travaille dans ma tête ! Phileas a dû vous induire en erreur sur nous, nous n'avons pas besoin de travailler physiquement, tout se dessine dans nos esprits !

Sally regarda Thomas, choquée. Mais Léopold reprit son monologue, résumant l'affaire sans s'en soucier.

— Je m'explique, déclara-t-il, Lord Fellow traverse une mauvaise passe financière comme les autres, et il entend parler de cette livraison de diamants que doit recevoir son ami Williams. Alors il organise cette réception, installe sa victime dans sa chambre spéciale, puis le tue en faisant accuser le fils déjà soupçonné de sorcellerie. Cela porte un coup à ses affaires que le meurtre ait lieu chez lui mais ce n'est pas grave, car maintenant personne ne peut se douter que le bateau arrivé la nuit dernière est en fait celui qui contenait les diamants, gentiment apportés par le bon capitaine Smith, grassement payé pour s'être fait passé pour mort.

— Mais…

— Je l'ai vu de mes propres yeux au fait, quand je suis sorti pour visiter les quais !

— Que faisons-nous ici alors au lieu d'en informer la police ? s'exclama Sally.

Léopold se tourna vers la jeune femme, et sourit.

— C'est ce soir que le bon capitaine rencontre Lord Fellow, qu'il a doublé en apportant du crabe plutôt que les diamants. Nous allons donc profiter du fait que la maison est vide pour trouver le passage secret. Puis quand nous l'aurons identifié, nous attendrons patiemment que Lord Fellow rentre avec les diamants !

— Mais si Smith le tue et repart avec ? s'étonna Coben.

— Improbable, Lord Fellow le tuera et récupérera tout.

— Et vous comptez le laisser faire ? s'indigna Sally.

— Smith a jeté par-dessus bord ses matelots pour mener à bien la combine, alors oui, je n'ai aucun remords.

Sally voulut protester, mais elle se retint.

— Et du coup, que vous a dit la femme de chambre que vous avez interrogée dans le hall ? demanda-t-elle.

Léopold esquissa un sourire.

— Que c'était Lord Fellow qui avait attribué les chambres aux convives !

Sally et Thomas acquiescèrent. Cela corroborait son hypothèse.

— Bien, maintenant, le courant d'air venant du mur à l'est de la chambre, le passage secret devrait se trouver près de cette cheminée…

Léopold commença à observer et toucher minutieusement le rebord de la cheminée et ses décorations, cherchant le passage secret menant à la chambre… Mais Sally le regarda faire en souriant.

— Quoi ? demanda Léopold.

— Ce salon n'est pas l'entrée du passage secret, s'exclama-t-elle.

— L'entrée se trouve au grenier, indiqua le plafond de sa canne Thomas.

— Mais que… ? s'intrigua Léopold.

— Ce salon était occupé le soir du meurtre, cela ne peut donc pas être le lieu d'accès secret, développa Sally, regardez, il y a encore les verres de certains convives, et l'écharpe de Dame Roberts, connue pour égarer des affaires partout.

— Et si vous faites attention à l'épaisseur et la disposition des murs, vous remarquerez que s'il y a bien un passage entre la chambre et cette pièce, il devrait se trouver ici, indiqua-t-il en désignant un tableau, or, il est trop petit pour cacher une entrée.

Léopold regarda ses deux acolytes, et rouspéta.

— Et vous ne pouviez pas le dire plus tôt ?

Il sortit du salon en grommelant et Sally et Thomas le suivant, il prit l'escalier.

— Le grenier est en haut ! s'exclama Thomas.

— L'entrée ne peut pas être au grenier, elle doit être à la cave, sinon il aurait été vu pendant la soirée !

Léopold les entraîna vers la cave en souriant.

— Au fait, il faudra faire arrêter Lady Ravenwood. Elle est complice du meurtre, étant donné qu'elle a fourni l'alibi à Fellow, déclara-t-il.

— Vous vous rendez compte que vous avez créé une situation explosive à la maison alors que vous auriez pu nous tenir dans la confidence tout ce temps ? s'exclama alors Thomas.

— Oui, mais si on nous espionnait, cela n'aurait pas eu l'air vrai. Et puis je fouillais réellement dans les affaires de mon père et de mon frère à la recherche de réponses.

— Quelles réponses ? demanda Sally.

Léopold se tourna vers elle, et la regarda avec gravité.

— Pourquoi les a-t-on tués.

Sally plongea dans ses yeux, et lut la sincérité de sa détermination… Aussi brouillé fut-il avec sa famille, il voulait des réponses, il voulait savoir ce qu'il leur était arrivé. Puis ils arrivèrent en bas de l'escalier et arrivant dans la cuisine, se reconcentrèrent sur l'affaire présente.

— L'entrée doit se trouver par-là, il doit y avoir un cellier ou une cave à vin accessible d'ici.

Thomas Coben leva sa canne, et montra la porte sous l'escalier. Sally et Léopold s'y rendant, il les suivit alors et ils s'enfoncèrent dans les méandres de la demeure. Activant un mécanisme dans sa canne, Léopold fit alors jaillir une flamme du pommeau, et éclaira les marches d'escalier.

— Prodigieux ! s'exclama Sally.

— Ma révolutionnaire canne ! répondit-il.

Puis arrivant en bas dans la cave à vin, il alluma la lampe à gaz et commença à fouiller.

— Peut-être un mécanisme secret ? demanda-t-il en tirant des bouteilles pour voir si elles libéraient une entrée.

— Hum, hum, se racla la gorge Thomas Coben.

Léopold se retourna vers lui avec interrogation, et le vit, pointant sa canne vers une trappe verrouillée en haut de la voute juste au-dessus de lui.

— Bon sang, vos méchants sont pathétiques, à Paris ils ont des portes secrètes derrière des miroirs ou même dans des fontaines, pas à la vue de tous !

Léopold fit faire un tour à une partie du pommeau de sa canne, et visant le loquet de la trappe, appuya sur un bouton secret de son accessoire. Le haut de la canne partit alors comme une flèche et frappa le loquet pour le déverrouiller. Une échelle tomba alors, donnant accès au passage secret.

— Vous savez, il y a une perche là, posée contre le mur, pour atteindre le loquet, désigna Sally en souriant.

Léopold commença à monter à l'échelle, et grommela.

— J'ai l'impression d'entendre papa ; *« Bla-bla bla, sois plus comme ton frère, observe... »*

— De bon conseil !

— Oh la paix Thomas, ou je vous envoie le rejoindre !

Les trois compères montèrent le long de l'échelle, puis arrivant dans une pièce, suivirent un escalier qui les mena au bout, à la chambre où le crime fut commis, par derrière l'armoire qui pivotait.

— Aussi simple que ça ! Combien la police nous paye pour résoudre leurs affaires ? demanda Léopold.

— Rien, malheureusement, répondit Sally.

— Bien, on en a vu assez, déclara Thomas, nous allons de ce pas prévenir le commissaire.

— Parfait, je vais rester ici et confronter Lord Fellow, déclara Léopold.

— Vous êtes sûr ? demanda Sally.

Léopold se tourna vers elle et sourit.

— Mais oui, ce sera un jeu d'enfant.

*

Léopold fit jaillir une pointe de lame infiniment fine du bout inférieur de sa canne, et engagea Lord Fellow en duel.

— Cela aurait pu se passer autrement ! déclara-t-il.

Puis le mettant en garde, il se tint prêt. Dégainant son épée, Lord Fellow porta alors le premier coup, hélas facilement évité par son adversaire, maître escrime.

— Je vous tuerais pour votre audace Sir O'Clock !

— Allons donc ! sourit Léopold en faisant une révérence. Faites la queue, comme tout le monde !

— Nous triompherons !

Tout en retenant l'emploi du nous, Léopold dévia une autre de ses attaques, et lui porta un coup droit, le piquant au flanc.

— Allons, allons ! Ce n'est pas comme cela que vous me tuerez ! le provoqua-t-il alors.

Lord Fellow fit une grimace, rouge de colère.

— Vous savez, je sais qui a tué votre frère ! rétorqua-t-il alors.

Léopold regarda soudain son adversaire avec rage.

— Comptez-vous me le dire ? lui demanda-t-il.

— Non ! Bien sûr que non ! Même sous la torture, je ne le dirais pas !

Léopold fixa son adversaire avec une rare colère. Il ne jouait plus. Il s'avança vers lui et para ses coups avec maîtrise, faisant chanter le fer de leurs lames, et s'approchant assez près, enfonça sa lame dans sa poitrine, perçant son cœur.

Puis tandis que Lord Fellow tomba au sol, surpris, il nettoya sa canne rouge de sang avec un mouchoir.

— Je resterais donc quelque temps à Londres, pour le venger et trouver ce cher *nous* dont vous parliez. Peut-être seront-ils plus enclins à discuter.

Puis regardant sa victime, il constata qu'elle n'était pas encore morte. Souriant, il posa alors son pied sur son épaule pour le faire basculer en arrière.

9

C'était le petit jour. Thomas Coben et Sally Deglow étaient installés dans une diligence les ramenant chez eux. Silencieux, ils se demandaient ce qu'il était advenu de leur nouvel ami. Le corps de Lord Fellow et les diamants avaient été retrouvés chez lui, la police pouvait se targuer de la résolution de l'affaire, et le fils Williams était tiré d'embarras. Mais nulle trace de Sir O'Clock.

Puis arrivés à bon port, ils descendirent dans la fraîcheur du matin, renvoyèrent le cocher, et entrèrent au 16 Goswell Road.

— Il a dû partir, fit Sally en enlevant ses chaussures, quelque peu irritée. Cet homme était un rustre.

— Peut-être, mais il était au moins aussi doué que ce cher Phileas, annonça Thomas.

— Il ne le remplacera jamais pour moi !

La jeune femme passa dans le salon pour se rendre à la cuisine préparer un thé, quand une voix se fit entendre.

— Et je ne compte pas le faire !

Surprise, la jeune femme trouva Léopold installé dans un des fauteuils, visiblement fatigué.

— Votre présence nous surprend, s'exclama ravi Thomas.

— Je vais rester, annonça Léopold en hochant de la tête. Pour venger la mort de mon frère et pour en finir avec cette affaire.

— Mais, monsieur, vous aviez raison, Lord Fellow a tué Williams pour ses diamants !

— C'est exact, mais nous ne savons pas qui étaient ses complices.

— Comment cela ? s'étonna l'ancien brigadier.

— Thomas, mon cher, il a dit *« nous triompherons »* lors de notre altercation. Il n'agissait donc pas seul, mais avec d'autres dans un plus grand dessein que simplement voler des diamants.

— Ne pourrait-il s'agir de Lady Ravenwood ? l'interrogea Sally.

— Non, certainement pas, fut catégorique Léopold.

— Qu'est-ce qui vous fait dire cela ? fut intrigué Thomas.

Léopold se leva, et se dirigea vers la cuisine.

— Lord Fellow savait qui a tué Phileas, bien qu'il n'ait pas voulu partager l'information avec moi, mais je le vois mal lui ou cette chère Lady tuer mon cher frère. Et vous savez pourquoi ?

— Pourquoi ? demanda Sally.

— Parce qu'ils marchent tous les deux comme des éléphants, et que Phileas tout comme moi avait une excellente ouïe… Jamais ils n'auraient pu le surprendre de la sorte.

Sally et Thomas furent perplexes.

— Il a forcément été tué par quelqu'un de silencieux, sinon il aurait vu la chose arriver et se serait battu, s'exclama la jeune femme, comprenant où il voulait en venir.

— En effet, mais soyez sans crainte, nous retrouverons notre homme. Je suis sûr que Lady Ravenwood sera plus encline à révéler ses petits secrets.

Léopold O'Clock et l'horloge cassée

1

2 novembre 1902

Léopold O'Clock entra dans la chambre de Sally, et s'asseyant au bord de son lit, la réveilla gentiment de la main.

— Sally, réveillez-vous, nous avons une enquête ! s'exclama-t-il.

— Hein ? Quoi ? Quelle heure est-il ? s'étonna la jeune femme en se réveillant.

Léopold regarda sa montre.

— Il est trois heures du matin passées, s'exclama-t-il.

— Mais enfin Léopold, que se passe-t-il ?

— J'ai reçu un coup de téléphone. Big Ben ne fonctionne plus. On doit agir au plus vite avant que Londres ne s'en aperçoive au petit matin.

— Ne pouvez-vous pas résoudre l'affaire seul, cher monsieur O'Clock ? demanda alors Sally.

— Bien sûr que si, mais j'ai été réveillé alors que je faisais un merveilleux rêve. Alors pourquoi pas vous ?

Sally regarda Léopold, incrédule, et immédiatement énervée, elle se leva en grommelant. Sortant de sa chambre pour aller aux toilettes, elle croisa alors Thomas qui en sortait en pyjama.

— Vous aussi ? demanda-t-il.

— Bon sang de Français ! s'irrita Sally.

— Je ne suis pas Français ! s'exclama Léopold.

— Vous êtes Français ! Un fucking Français !

2

Léopold, Sally et Thomas descendirent de la diligence dans la fraîcheur de la nuit, et pénétrant le parlement, soupirèrent. Puis ils s'attelèrent non sans découragement à monter les trois cents trente-cinq marches menant au beffroi de la tour d'horloge, dont les cadrans étaient bloqués sur 2h47 du matin. Arrivant en haut en bâillant toujours, ils se retrouvèrent alors devant la fameuse cloche et ses pendules arrêtés.

— Attendez, vous nous avez réveillé Miss Deglow, Monsieur Coben et moi-même, sans être venus ici avant ? s'étonna Léopold.

— Comment ça ? demanda l'inspecteur Greenwood.

— Vous ne voyez pas les deux jambes là ? Si l'horloge ne fonctionne pas, c'est parce qu'il y a un homme mort dans le mécanisme.

Greenwood se tourna vers la paire de jambes, que personne n'avait vues, et tandis que Sally et Thomas soufflèrent dépités, les policiers s'attelèrent à extirper la victime des rouages où elle était coincée.

— Bon, et bien mes amis et moi allons nous recoucher, s'exclama Léopold.

Invitant Sally et Thomas à le suivre, il redescendit alors les escaliers avec une pointe de colère dans la voix.

— Je vous jure, des assistés, rouspéta-t-il.

— Cela valait bien le coup de nous réveiller, déclara Sally.

— Bon sang, pour une fois que je dormais bien, ajouta Thomas.

— Ne m'en parlez pas…

Les trois acolytes descendirent les marches, dépités, quand arrivés en bas après un temps qui leur sembla interminable, on les interpella.

— Attendez ! Attendez !

Se retournant, ils fixèrent le jeune policier inexpérimenté qui avait dévalé quatre par quatre les marches, en sueur, haletant, et attendirent qu'il reprenne son souffle.

— Vous… devez… remonter, déclara-t-il. On a enlevé… le corps… et cela ne marche toujours pas.

Léopold regarda le jeune homme, surpris.

— Hors de question ! répondit-il.

— Mais monsieur…

— Appelez un horloger !

Le policier balança la tête.

— Non… il faut que ce soit réglé… rapidement.

Léopold regarda Sally et Thomas, qui se toisèrent aussi. Puis soupirant, à contrecœur, la mine amère, ils remontèrent alors les marches menant à Big Ben.

— Cela fera mille-trois-cent-quarante marches, annonça Sally.

— À supposer qu'on redescende, s'exclama Thomas.

Léopold soupira bruyamment, puis pesta.

— Foutus Anglais. Votre police est aussi incompétente que votre maîtrise de la gastronomie.

Après une seconde montée des marches, arrivant de nouveau en haut, Léopold, Sally et Thomas se retrouvèrent à nouveau devant Greenwood, qui sembla embarrassé.

— Désolé…

Léopold leva le doigt pour lui dire de se taire, et reprenant son souffle, commença à regarder autour de lui. Inspectant les lieux avec minutie, Sally, Thomas et lui menèrent donc leur enquête pour comprendre pourquoi l'horloge ne fonctionnait pas. Il fallut alors à Léopold cinq minutes montre en main pour trouver l'origine du problème, et las, découvrant une feuille de papier glissée entre des rouages, l'en sortit pour libérer le mécanisme. La machinerie repartant, il ne resta alors plus qu'à régler l'heure.

« Attrapez-moi si vous le pouvez ! »

Léopold rangea le bout de papier dans sa poche, et son travail ici terminé, se dirigea vers les escaliers.

— Nous prenons l'affaire, s'exclama-t-il à Greenwood.

— Attendez ! Vous ne voulez même pas voir le cadavre de plus près ?

Léopold se tourna vers le policier, et baillant, désigna le corps du doigt.

— Son nom est Basile Swanton, il était allumeur de gaz, et il a été étranglé avant d'être placé là.

— Mais enfin comment…

— C'est noté sur sa tenue !

— Mais ce métier n'existe quasiment plus !

— Et pourtant !

3

11h00 du matin.

— Il faudra recruter un cocher Thomas, et acheter notre propre moyen de locomotion. Que nous puissions nous déplacer convenablement, déclara Léopold tout en lisant son livre.

Thomas acquiesça sans pour autant lever le nez de son journal.

— C'est une bonne idée, répondit-il juste.

Tous les deux installés dans un fauteuil, au salon, ils burent une gorgée de leur thé, et reprirent leurs lectures. Ils entendirent alors soudain Sally de nouveau vomir aux toilettes, et écoutant d'une oreille distraite, souhaitèrent qu'elle ne souffrît pas trop.

— Pensez-vous qu'elle va se décider à nous l'annoncer ? demanda Thomas.

Léopold fit la moue.

— Si j'en crois son affection pour mon frère et à quel point mon attitude la chagrine, si elle le fait, j'aurais au moins la satisfaction d'être heureux que la lignée se perpétue, s'exclama-t-il.

Thomas hocha la tête, songeur.

— Je pense que cela a dû se passer peu avant sa mort, le soir du 28. Je n'étais pas là, j'étais parti voir ma mère à Cambridge, tâcha-t-il de se souvenir les yeux en l'air, songeur.

— Ne dites pas ça à voix haute, annonça Léopold, elle pense toujours qu'on n'a pas remarqué ses nausées et ses vomissements.

— Oui, vous avez raison, se reprit Thomas en se reconcentrant sur le journal. Faisons comme si on ne savait pas.

— Voilà, cela fait une semaine qu'on ne sait rien…

Les deux compères continuèrent à lire ainsi quelques minutes comme si de rien n'était, quand Léopold fut tout de même curieux.

— Le 28 vous dites ?

— Oui, et croyez-le ou non, sourit de manière entendue Thomas, elle a passé toute la nuit dans la chambre de votre frère je pense, car quand j'y suis rentré deux jours plus tard, son parfum embaumait toujours la pièce.

4

Il était quatorze heures quand la police vint les chercher pour aller sur les lieux d'un autre meurtre. Montant dans la diligence où les attendait le commissaire Edward Bradford, Léopold, Sally et Thomas firent alors le trajet en sa compagnie.

— Merci pour ce matin, s'exclama-t-il.

Léopold, Sally et Thomas acceptèrent tous les trois ses remerciements d'un hochement de tête.

— Au plaisir, s'exclama Sally.

— Nous n'avions rien de mieux à faire, ajouta Thomas.

— Toujours là pour aider, renchérit Léopold.

— Bien, j'en suis ravi. J'espère que votre enquête se déroule bien ?

Léopold observa Thomas et Sally, et d'un regard, ils comprirent qu'il ne voulait pas en parler au commissaire, et ils furent bien d'accord. Car il leur avait montré la feuille de papier coincée dans les rouages disant « *Attrapez-moi si vous le pouvez !* », et le message leur étant personnellement destiné, ils ne souhaitaient pas que cela se sache. Car c'était en réalité bien plus que personnel. Il ne restait à Londres que quelques rues et parcs nécessitant des allumeurs de gaz, et c'est dans l'une d'elles qu'avait été tué Phileas, à l'heure précise où Big Ben s'était arrêté d'après sa montre cassée. C'était donc un message à leur intention, et cela confirmait que le complice de Lord Fellow et de Lady Ravenwood, et assassin supposé de feu son frère, était bien lui aussi membre du parlement. Alors non, la police ne devait pas être au courant de leurs progrès. Elle ne devait pas savoir qu'un autre Lord était lié au trafic de diamants de Lord Fellow et qu'outre le meurtre de Phileas et de Lady Ravenwood dans sa cellule, il s'était amusé à entrer dans Big Ben pour leur laisser un message macabre.

— Oui, cela avance, déclara juste Léopold.

Il regarda par la fenêtre de la diligence les maisons et les gens défiler, et songeur, se demanda quel assassin serait assez tordu pour inviter des enquêteurs à se lancer sur sa trace.

5

Léopold O'Clock s'étonna grandement.

— Je n'avais jamais vu un corps réellement découpé en dés, annonça-t-il, impressionné.

— C'est écœurant, s'exclama Miss Deglow la main devant la bouche.

— Oui, surtout quand on sait quelle patience et quelle minutie il faut pour découper tout un corps d'homme solidement bâti en des dés inférieurs à 3 centimètres de côté, constata Léopold en s'accroupissant auprès du cadavre, ou plutôt de l'amas de morceaux.

— Je vous demande pardon ? l'interrogea le policier.

— Oh, excusez-moi, équivalent à un peu plus d'un inch, se reprit Léopold.

— Ah, oui, en effet. C'est malheureux, confirma le policier en mettant son mouchoir devant la bouche et en tournant la tête.

— Oh, après les dix premières rangées il n'a plus dû souffrir, enfin, tout dépend par où l'assassin a commencé, se montra cynique Léopold.

— Cela a été fait par un réel boucher, s'exclama Thomas.

— Exact, quelqu'un armé de solides couteaux finement aiguisés et déterminé à en faire une salade de betteraves.

— Cela ne vous fait donc rien, monsieur ? demanda alors Sally.

Léopold se tourna vers elle.

— Oh, si, bien sûr, mais cela me fera encore plus de trouver son assassin, déclara-t-il avec, il est vrai, une once de dégoût dans l'expression du visage.

Puis se relevant, il se frotta les mains.

— Bon, il faut trouver de la bonne colle, trouvez-nous quantité d'œufs et de miel, il va falloir le recoller !

— Quoi ? s'étonna blême le policier.

— Je vais vous chercher ça, acquiesça Thomas.

— Mais enfin… protesta le policier.

— Monsieur, comment voulez-vous que nous découvrions de qui il s'agit si nous ne savons pas à quoi il ressemblait ? annonça Mr Coben qui connaissait l'idée de Mr O'Clock.

— Je… bien. Bien d'accord.

Miss Deglow sortit de la pièce, écœurée et déjà malade de sa grossesse cachée.

— Il y a des monstres partout.

— Et en Angleterre il y a les meilleurs, Jack l'Éventreur et tant d'autres, sourit Léopold en passant à côté d'elle pour sortir respirer l'air du petit matin.

— Vous savez, votre terre natale à plus de bons côtés que de mauvais hommes, lui répondit alors immédiatement la jeune dame.

— Oh, je le sais bien, le bacon et les œufs brouillés.

6

Retirant ses gants, Léopold s'approcha de son comparse Thomas, et ensemble, ils fixèrent leur œuvre.

— Il lui manque aussi les yeux, déclara Thomas.

Léopold hocha la tête. Après une demi-douzaine d'heures, ils avaient recollé le corps, fixant tous les cubes dans ce qui leur sembla être le bon ordre, et donnant ainsi forme à un homme musclé et grand, ils avaient déjà constaté certaines choses durant l'assemblage, à laquelle venait s'ajouter ce nouveau fait.

— Alors, faisons le point, déclara Léopold, il avait des restes de nourriture encore non digérés dans l'estomac, ce qui nous laisse à supposer que le meurtre ait eu lieu peu après son repas hier soir…

— Il manque le sexe et les yeux, rappela Thomas à son ami.

— Les marques de couteau laissent à supposer qu'ils étaient plusieurs ! rétorqua Léopold.

— Au moins trois d'après les marques sur les os et la chair.

— L'un des assassins est assurément expert, et les deux autres étaient plus tremblants, moins assurés et moins puissants.

— Et il y a le tatouage, cette encre marine sur le bras, souligna Thomas. Et la peau sous les ongles.

— Nous pouvons donc sans trop nous avancer prétendre qu'il était pêcheur.

— Et comme on n'a pas retrouvé ses vêtements ni sa bourse, on peut aussi supposer que le découpage a servi à masquer autre chose ?

— Par exemple qu'il était nu ?

— Ou peut-être qu'on s'est servi en or avant de le tuer ?

— Les yeux et le sexe manquant peuvent nous conduire à un crime passionnel, comme le laisse suggérer un crime d'une telle violence. Conclusion ?

Thomas regarda Léopold, et sourit.

— Notre homme est sorti après manger chercher une femme avec qui passer la nuit, et s'est frotté à la mauvaise personne, révéla-t-il.

— On lui aura coupé le sexe et retiré les yeux pour le punir d'avoir regardé et touché celle qui ne fallait pas, ou qui ne voulait pas, attention, ce détail peut-être important.

— C'est cela, et pour éviter qu'on ne remonte jusqu'à son assassin, on l'a découpé en morceaux pour brouiller les pistes.

— Bien, il ne nous reste plus qu'à…

— Votre suspect est Sarah Mulligan, s'exclama Sally en entrant dans la pièce.

— Je vous demande pardon ? s'étonna Léopold.

— Bon sang…

Sally regarda les deux hommes en faisant bien attention à ne pas croiser du regard le corps reconstitué.

— Sarah Mulligan a vingt-trois ans et deux très belles jeunes sœurs âgées de seize et dix-sept ans. Leur père était boucher. Il lui a enseigné son art mais est mort il y a deux ans. Depuis elles vivent près des quais et se font sans cesse solliciter. C'est un réel problème, car elles sont d'une telle beauté qu'elles feraient des ravages et pourraient facilement gagner leurs vies si elles se prostituaient. Mais elles ont bien été éduquées…

Léopold acquiesça, comme si c'était l'évidence même.

— Le matelot sort après avoir mangé, s'en prend à l'une des sœurs, la trouvant sublime, supposa-t-il, et pour la défendre, Sarah lui tranche le sexe et lui retire les yeux, fatiguée de devoir protéger ses sœurs. Mais il faut se débarrasser du corps sans qu'on ne puisse remonter jusqu'à elles. Alors elles l'amènent ici, loin des quais, et le découpent en morceaux pour brouiller les pistes. Après tout, qui serait assez fou pour perdre six heures à recoller le corps ?

Thomas fit une moue, trouvant que la journée avait été riche en épuisement inutile. Puis se tournant vers Sally, il l'interrogea du regard.

— J'achète notre viande chez elles, expliqua-t-elle alors, comprenant ses yeux. Sarah est moins douée que son père et à cause de la concurrence qui s'acharne contre elles, elle est obligée d'utiliser de la viande de moins bonne qualité, mais je les connais depuis que je suis toute petite, alors je continue à me fournir chez elles.

— Pourquoi ne pas l'avoir simplement jeté aux poissons ? s'étonna tout de même Thomas.

— Trop près des quais, et on a pu entendre ou voir l'altercation…

— Bon et bien, reprit Thomas, allons dire bonjour aux bouchères des quais.

— Mon dieu, ce n'était probablement que pour se défendre, s'attrista Sally.

— Nous verrons bien, s'exclama Léopold.

7

L'*Investigation Office for the London Police* n'eut même pas besoin de confondre les trois sœurs. Trouvant la plus jeune prostrée de terreur et en larmes dans un coin de sa chambre, des marques de griffure sur le bras, les cuisses, et le cou, ils eurent confirmation de leurs soupçons.

— Nous n'allons tout de même pas les arrêter ! Cet homme faisait deux fois sa taille et son poids, il allait abuser de cette enfant, se désola Sally.

— Sally, je ne suis peut-être pas mon frère, mais je n'en ai pas moins des valeurs… L'assassin se doit d'être poursuivi pour son crime… mais nous ne le ferons pas.

Léopold regarda les enfants, embêté. Puis il commanda simplement à Sarah Mulligan une belle pièce de viande. Quinze minutes plus tard, le repas du soir sous le bras, les trois compères se rendirent alors auprès de la police. Léopold bricola une histoire de vengeance personnelle et pointa du doigt un matelot parti sur le *Conquérant* le matin même, en priant que le signalement qu'il inventa ne correspondait à aucun des membres d'équipage dudit bateau. Amer, il souhaita ensuite en rentrant que les filles trouvent le repos qu'elles méritaient, aussi bien dans la vie, que dans leurs rêves, hantées par un cauchemar qui les suivrait désormais toute leur vie.

8

Léopold fixa les flammes avec frayeur. *Pitié, Sally, sortez de là !* pensa-t-il.

— Là ! désigna affolé Thomas.

Remarquant enfin la silhouette de la jeune femme sortir des flammes, Léopold et Thomas se précipitèrent à sa rencontre.

— Bon sang !

Ils se dépêchèrent de l'éloigner des flammes, et furieux après avoir vérifié qu'elle n'avait rien, Léopold constata qu'elle était entrée dans la maison pour sauver le chien.

— Bon Dieu, vous auriez pu le laisser dedans ! s'exclama t-il.

— Ce chien est un O'Clock ! s'exclama Sally.

— Aussi chiant que moi c'est ça ? comprit Léopold.

— Tout à fait monsieur !

— Oh bon sang !

Léopold grommela, puis aidé de Thomas, ils relevèrent la jeune femme, heureux de la savoir en vie. Puis avec amertume, les trois acolytes regardèrent leur maison se faire emporter par le feu, que les pompiers avaient du mal à maîtriser. L'affaire de l'horloge cassée ne faisait que continuer, et ils venaient de recevoir le second message.

— Je ne sais pas ce que Phileas avait déniché, mais visiblement, on n'a pas envie que l'on continue le travail, s'exclama Thomas.

Sally acquiesça inquiète en caressant Hector, encore niché dans ses bras.

— En effet…

Léopold quant à lui ne prononça rien, le cœur toujours battant. Lorsqu'ils étaient arrivés au bout de la rue, avant de constater l'incendie, il aurait mis sa main à couper qu'il avait vu dans la rue une vieille connaissance, un visage qu'il avait autrefois aimé et qu'il s'était juré de mettre derrière les barreaux.

Le jeune Valentin

Sœur Catherine baissa les yeux vers le jeune garçon, et lui tenant toujours la main, l'amena dans la salle de jeu.

— Tu peux jouer ici Valentin, lui expliqua-t-elle.

L'enfant ne bougea pas, impassible, triste, et consciente de sa peine, la jeune femme s'accroupit devant lui et tenta de lui soutirer un sourire.

— Tu peux jouer avec le jouet que tu veux, ils sont tous là pour que tu puisses t'amuser avec.

Le garçon ne réagit toujours pas, et amère, sœur Catherine se désola de voir ce jeune enfant si traumatisé. Puis elle vit le père François approcher et laissant le petit orphelin, le rejoignit.

— Comment va-t-il ? demanda le vieil homme.

— Il est encore très affecté mon père, avoua sœur Catherine.

Le père François regarda l'enfant, chagriné.

— On en serait à moins. Ainsi abandonné devant notre porte par sa mère…

Sœur Catherine acquiesça de la tête. Cela faisait deux jours que le petit Valentin était là et bien qu'il ait parlé au début, il venait de sombrer dans un mutisme compréhensible.

— Tout de même, j'aimerais pouvoir communiquer avec lui, qu'il accepte de me…

Sœur Catherine ne termina pas sa phrase. Fixant attentive avec le père François le petit Valentin qui venait de s'avancer dans la pièce, elle le vit se diriger timidement vers un panier de jouets et y prendre un Rubik's cube défait. Elle se tourna alors vers le père, et sourit.

— Peut-être que vos prières seront entendues, lui esquissa-t-il lui aussi un sourire.

— Peut-être. J'aimerais qu'il se confie, qu'il me parle de sa famille, pour qu'on essaye de la retrouver.

— Oui, ce serait l'idéal.

Sœur Catherine soupira, attristée.

— Mon père, comment peut-on abandonner ainsi son enfant à cet âge-là ? En étant ouverte d'esprit, je peux comprendre qu'on abandonne un enfant à la naissance devant un orphelinat, parce que cela peut s'avérer une charge difficile, mais à sept ans ? Qui abandonnerait son enfant après l'avoir éduqué et aimé pendant sept ans ?

— Mon enfant, les voix du seigneur sont parfois obscures, mais j'aime à croire que c'est pour le mieux de l'enfant.

— Oui, vous avez certainement…

Sœur Catherine s'interrompit une nouvelle fois de parler en remarquant le visage abasourdi du père François. Suivant son regard, elle observa alors le jeune Valentin, et vit bouche bée qu'il avait terminé le Rubik's cube.

— Sainte mère de Dieu, s'exclama le père François.

28 juin 1985

Cela faisait un mois que Valentin avait été abandonné devant l'orphelinat par sa mère sans qu'il ne sache pourquoi. Avait-il fait quelque chose de mal ? Avait-il été un mauvais garçon ?

Assis sur son lit recroquevillé sur lui-même, Valentin était triste. Il s'était certes fait des amis depuis un peu moins de deux semaines, Jacques et Johann, mais il se sentait malgré tout seul, désespérément seul.

— Ça ne va pas Valentin ? demanda une voix.

Le petit garçon leva la tête vers la porte de la chambre et vit sœur Catherine.

— Non, ma maman me manque, déclara-t-il.

La jeune femme tout juste âgée d'une vingtaine d'années comprit bien le désarroi et la peine de l'enfant, et faisant la moue, vint s'assoir à côté de lui.

— Tu la retrouveras un jour, j'en suis certaine ! tenta de la réconforter la jeune femme.

— Vous le pensez ? demanda l'enfant.

La jeune femme soupira. Au fond d'elle, elle savait qu'il était comme tous les autres enfants ici, abandonné, oublié, et qu'il ne retrouverait jamais sa véritable famille. Mais elle tint malgré tout comme aux autres à lui donner l'espoir, à lui donner un but, pour qu'il tienne jusqu'à ce qu'il aille mieux et s'affranchisse de sa douleur d'orphelin.

— J'en suis certaine Valentin ! lui sourit-elle donc affectueusement.

Le petit garçon esquissa un sourire, et déposa un bisou sur la joue de sœur Catherine.

— Au fait, s'exclama-t-elle, je t'ai apporté le livre dont je t'ai parlé, ça parle de l'histoire des services secrets.

— Merci, déclara Valentin, impatient d'en apprendre sur le travail du père qu'il n'avait jamais connu.

— J'espère que cela te plaira.

— Oh oui !

Sœur Catherine se leva et lui sourit.

— Je vais te le chercher.

14 juin 1993

Valentin avait quinze ans. Et alors que son corps grandissait, son intellect croissait presque exponentiellement. Mais là où il aurait avec l'âge pu être séduit par sœur Catherine qui était une jeune femme superbe alors qu'il était en pleine découverte de sa sexualité, il n'en était rien. Sœur Catherine était pour

Valentin la plus grande des amies, sa confidente, et celle qui l'aida par son attention à tenir bon et à rechercher sa famille. Sur ses conseils il avait en effet précieusement noté à son arrivée à l'orphelinat les informations dont il se souvenait sur sa mère et sa famille maternelle, et connaissant le prénom de son père, qu'il savait être un agent secret français, elle l'avait aidé à collecter des données sur son travail et les moyens juridiques d'obtenir des informations sur les espions.

Valentin regarda le cercueil descendre en terre, amer. Il aurait aimé dire à sœur Catherine combien elle avait compté pour lui. Il aurait dû en prendre le temps. Avant de mourir dans ce stupide accident de voiture, elle l'avait bien fait, elle, lui faisant part de son grand attachement pour lui dans une lettre. C'était en tout cas ce que lui avait dit le père François avant de la lui donner.

Finalement lassé de la cérémonie religieuse, Valentin s'éloigna de la tombe de sœur Catherine, et sortant l'enveloppe de sa poche, l'ouvrit pour la lire.

« Mon cher Valentin, je n'irai pas jusqu'à dire que tu es mon plus proche ami, mais sois-en sûr, tu es l'homme qui compte le plus à mes yeux. Certains pourraient penser que c'est de l'amour, mais non, ce n'est rien de cela. Je t'aime d'un sentiment affectif pareil à nul autre, et je ne dirais qu'une chose ; reste toujours au fond de toi ce petit garçon qui d'un sourire me faisait oublier tous mes maux. »

Valentin soupira et rangea la lettre dans sa poche. Tout ça parce que les autres sœurs et le père François pensaient qu'ils avaient eu une aventure. Un adolescent et une femme ne peuvent donc pas être amis sans qu'il y ait ambiguïté ?

Le jeune homme regarda l'enterrement derrière lui, aigri. Puis il s'en alla, écœuré d'une telle injustice.

— Tu ne restes pas ? demanda Jacques en le rejoignant d'un pas rapide.

— Non monsieur Darignac, je vais à la maison du vieux John, j'ai besoin de me changer les idées !

— Dis plutôt que tu en as marre de tous ces hypocrites, le corrigea Jacques.

Phileas regarda son ami, et lui sourit tout en continuant à avancer.

— Clara va passer, on va boire un coup, on va tester quelques trucs, et je vais tranquillement oublier que Catherine est morte parce qu'on l'a virée car on était soi-disant trop proches, et qu'elle ne serait donc pas partie en week-end avec ses amis et n'aurait pas été percutée par un camion si nos chers dévots amassés autour de son cercueil nous avaient crus au lieu de se fier à leur simple vision déformée des contacts humains.

Père & fils

C'était une magnifique journée ensoleillée d'avril. Il faisait beau, c'était le printemps et on entendait même les cigales. Garant sa voiture le long du chemin de terre, Valentin préféra continuer à pied. Il avait surtout besoin de se donner un peu de temps.

Il avait besoin de mettre du recul entre maintenant et cet instant qui lui serrait le cœur. C'était effroyable, il avait le trac comme jamais. Apercevant bien la maison sur le côté du chemin à cent mètres, il s'y rendit, déjà rouge. La demeure approcha rapidement sous le soleil de plomb. D'abord ce fut d'un mètre, puis de deux, puis de trois… puis enfin Valentin fut au niveau du portail. Il y était, ça y était enfin. Cet instant resterait peut-être gravé à tout jamais dans sa mémoire, alors que le visage rouge, transpirant, et le cœur battant la chamade, il poussait le portail de bois et entrait dans la propriété. Ses recherches l'avaient menée ici, à ce point culminant de sa vie. Il avait tout en main, tous ces papiers qu'il avait récoltés depuis son enfance à l'orphelinat, toutes ces données, tous ces fragments…

Il faisait chaud, et Valentin avait chaud. Il était trempé de sueur.

Se rendant à la porte de la maison, il vit qu'il n'y avait pas de sonnette. Il y avait par contre une cloche. Valentin la fit donc tinter, mais personne ne vint lui ouvrir. Il recommença une seconde fois, puis une troisième fois. Toujours rien. Il toqua alors de façon insistante mais toujours personne ne vint lui répondre. Valentin commença à paniquer. Il avait fait trop de chemin pour attendre. Il voulait en avoir le cœur net, il avait besoin d'une réponse immédiate, il ne pouvait pas patienter. Contournant la demeure provençale, il fit le tour et passa derrière pour regarder dans le jardin. Il remarqua alors le cœur battant l'homme bêchant dans le potager au fond du terrain. Encore plus rouge, le rythme cardiaque accélérant de plus en plus, il se dirigea vers ce propriétaire supposé des lieux. Et s'il l'engueulait pour être entré dans son jardin ? Et s'il était acariâtre ? Et s'il avait peur de lui ? Valentin préféra ne pas y penser et se dirigea vers l'homme. L'instant fatidique approchait à grands pas... Lorsqu'il fut à une dizaine de mètres de lui, l'homme entendant sa venue se retourna et affichant un visage surpris, le regarda. Il attendit à l'ombre de son chapeau de paille qu'il arrive à sa portée et lui demanda alors :

— Je peux vous aider mon garçon ?

— Alfred Collenly ? Vous êtes Alfred Collenly ? l'interrogea Valentin.

— Oui, c'est bien moi, répondit le vieil homme.

Valentin les mains tremblantes ouvrit son attaché-case et en sortit une photo, une vieille photo d'une jeune femme incroyablement belle. Il la tendit alors à l'homme et posa la question qui lui déchirait les entrailles.

— Vous reconnaissez cette personne ? lui demanda-t-il.

Le vieil homme prit la photo entre ses deux mains et dès qu'il eut posé le regard dessus, se figea de terreur. Manquant de tituber, il perdit l'équilibre un instant et commença à verser des larmes, le cœur empli de joie.

— Je... je l'ai cherchée des années... je... où avez-vous... ? demanda-t-il, déboussolé, mélangé entre la joie et le malaise.

— Vous pouvez me dire son nom ? demanda Valentin, de plus en plus pris de trac.

— Oui... oui... c'est elle, c'est la fille que j'ai aimée en Italie, c'est mademoiselle Valentina... annonça-t-il en mettant sa main sur les yeux, émus de cette vision.

Valentin eut un tressaillement au cœur. Ses yeux se remplirent eux aussi d'eau et il fut pris de bonheur. Après toutes ces années, cela y était enfin. Il se sentait de nouveau vivre à l'intérieur. Il avait atteint sa quête. Enfin.
Valentin regarda le vieil homme et secoué par tant d'émotion, lui avoua la vérité.
— Bonjour papa, je suis ton fils.

Marquise Jean

1998.

Encore vêtue de sa tenue d'écolière, Jean Dehill était allongée sur son lit. Agacée de sa journée, elle alluma un joint en regardant le plafond, ses fenêtres ouvertes sur les toits de Paris, et tira dessus avec plaisir.

Bon sang, elle en avait eu envie toute la journée. Elle en avait si marre de sa vie, elle était si malade de ses parents snobes, de son école privée, de cette hypocrisie bourgeoise qui inondait tout ce qu'il y avait autour d'elle, qu'elle avait décidé de se récompenser d'un pétard en rentrant. Une case de plus à cocher sur son calendrier pensa-t-elle, une énième journée passée à faire semblant, à prétendre rentrer dans le moule qu'on lui avait imposé.

Jean tira une autre taffe, la savoura, et expulsa la fumée. Elle était dans une classe de vingt-cinq élèves dont seulement quatre garçons, et même eux étaient aussi coincés que ses parents. Bon sang, Derek était super mignon et lui plaisait énormément, mais il avait refusé la moindre de ses putains d'avances. Elle avait pourtant été explicite quant à son désir, se déshabillant un peu un soir, se montrant provocatrice, et lui était resté de marbre, planté là comme un arbre, stoïque. *« Non Jean, ce serait mal, tu es une fille bien et ce n'est pas ce que tu veux, je le sais. Je sais que tu préférerais attendre le mariage. »*

Jean fut honteuse et déçue. Elle avait refermé les boutons de sa chemise et était immédiatement partie, mais elle avait été gênée à en mourir. Elle s'était révélée, lui montrant sa lingerie, se touchant même un peu pour lui signifier son désir, et lui, il l'avait repoussée parce qu'en tant qu'homme et religieux, *il savait mieux qu'elle ce qu'elle voulait en tant que femme !*

Jean tira une nouvelle taffe, aigrie.

En ce qui concernait les trois autres, John plaçait lui aussi les préceptes catholiques avant tout, Denis pour sa part était en couple, quant à Thomas, il était clair qu'en dépit des apparences c'était les autres garçons qui l'intéressaient.

Jean soupira. Sa vie privée était un désastre. Elle était coincée dans une famille snobinarde et fervente catholique, et les seuls garçons qu'elle connaissait n'étaient pas intéressés par elle. Bon sang, si ses parents le découvraient, il ne faudrait pas qu'ils se plaignent de la savoir bisexuelle. S'ils ne l'avaient pas placée dans un tel environnement, jamais elle n'aurait fait de telles expériences avec ses camarades. Bon sang, comment peut-on à ce point brimer ses enfants à coup de religion et d'écoles privées ?

« C'est pour te protéger du monde extérieur Jean. »

Jean fuma de plus belle. *Tu parles maman, ce n'est pas en me cloîtrant dans une école religieuse que tu vas me détourner de ses « vices ».*

Jean pesta, et ralluma son joint. La première fille qu'elle avait embrassée, par désir de découvrir ce qu'était un baiser, c'était Suzanne, de son cours d'algèbre, alors qu'elles avaient seize ans. Comme beaucoup des filles de son école, elle avait elle aussi besoin d'évasion, de curiosité, de se découvrir et de découvrir l'autre. Mais face à des garçons tellement formatés par Jésus qu'ils en étaient presque rendus à considérer le sexe comme le démon, sauf bien sûr en dehors de la procréation, et bien elle n'avait pas eu beaucoup de choix. C'est ainsi qu'en en parlant dans le jardin de l'école, elles avaient éprouvé le besoin de découvrir ce qu'était un baiser, et s'étaient proposé de s'aider.

« Cela te dirait qu'on essaye ensemble ? »

Il y eut un *oui* rouge et gêné en réponse, et se retrouvant dans un coin, à l'abri des regards, elles avaient alors fermé les yeux et avaient approché leurs lèvres. Au début cela avait été timide, honteux, mais elles avaient ensuite réessayé, puis s'étaient touché la langue, avant de finalement maîtriser la chose au fil des essais, et de la trouver plaisante. Suzanne et Jean s'étaient ainsi plusieurs fois retrouvées pour s'embrasser, expérimenter entre elles ce plaisir qui leur était interdit, si bien qu'après quelques semaines, elles en vinrent à se caresser, à se peloter, puis à découvrir le plaisir du cunnilingus. Jean fut dépucelée à l'âge de dix-sept ans. Cela faisait quelques mois qu'avec Suzanne elles se retrouvaient occasionnellement, et finalement, une autre camarade, Manon, désireuse elle aussi de découvrir ce qu'était un baiser, des caresses sur son corps, et même de se faire lécher le sexe, s'était jointe à leur *classe de découverte*. Volant quelque temps plus tard le sextoy de sa mère, Manon l'avait apporté à l'école, et s'installant dans leur coin secret, elles s'étaient tour à tour dépucelées sur ce gros mandrin en plastique.

Jean tira une nouvelle taffe de son joint et glissa une main entre ses cuisses. Aujourd'hui, elle se considérait vraiment comme bisexuelle, reconnaissant qu'elle avait toujours été attirée par les femmes en plus des hommes. Malheureusement, elle n'avait toujours pas connu d'homme.

Bah, en attendant elle avait la *classe de découverte*. D'ailleurs si leurs parents savaient… Elles étaient onze filles à se réunir, à s'embrasser, à se caresser, à se glisser des doigts dans la culotte et à se faire des bisous sur le minou, toutes interdites de contacts avec des hommes, toutes forcées jusque-là à se préserver du démon par des idéaux dépassés. Mais ce n'était plus le cas. La plus jeune avait quinze ans, la plus âgée vingt, et toutes désireuses de savoir ce qu'était le sexe, de connaître ce qu'était l'orgasme, elles se faisaient du bien sur les canapés de la cave. Onze filles en tenues d'écolières s'embrassant, se touchant à travers la chemise, se caressant sous la jupe, ou se prenant avec délice sur les six sextoys qu'elles avaient réussi à accumuler.

— Jean, il y a quelqu'un pour toi, s'exclama soudain sa mère à travers la porte de sa chambre.

Jean fronça les sourcils.

— Hein ? s'exclama-t-elle.

Elle se redressa, jeta son joint par la fenêtre, et se dirigea vers la porte.

— Il dit être un garçon de ta classe, un certain Phileas…

Jean fronça les sourcils une nouvelle fois. Il n'y avait aucun Phileas dans sa classe, ni même dans son école.

— J'arrive…

Jean sortit de sa chambre, et se retrouva nez à nez avec le dénommé Phileas. Le trouvant immédiatement plutôt mignon, elle joua alors le jeu. Inventant une histoire, elle prétendit devant sa mère qu'il était bien de sa classe, et qu'il était là pour le devoir d'algèbre. Puis elle l'invita dans sa chambre, et une fois à l'abri de ses parents, elle lui demanda inquisitrice qui il était vraiment. Et puis pourquoi pas, si la réponse lui plaisait, peut-être qu'elle connaîtrait enfin un homme ? Pour toute réponse, le garçon d'un an son aîné lui déroula cependant une feuille de format A2. Il s'agissait de son arbre généalogique, et du côté de son père, en remontant dans les branchages sur quatre générations, on arrivait à une bifurcation qui en redescendant, menait à elle.

— Bonjour Jean, nous sommes tous les deux enfants uniques, et nous sommes de lointains cousins, s'exclama-t-il alors. Que dirais-tu si nous devenions amis ?

Jean le regarda un instant avec incrédulité. Puis elle écarquilla les yeux avec émerveillement et sourit. Elle se jeta alors dans ses bras pour le serrer contre lui. Elle avait un frère, c'était génial !

— Okay, alors je veux tout savoir sur toi ! annonça-t-elle folle de joie.

Phileas sourit, et la serra fort contre elle, heureux de faire sa connaissance.

— Aucun souci !

Jean l'invita à s'assoir sur le lit, et ricana.

— Bon, pour être franche, si tu ne m'avais pas dit qu'on était de la même famille, je t'aurais sauté dessus pour autre chose ! avoua-t-elle. Tu es plutôt mignon !

Le jeune homme sourit.

— Cela peut s'arranger !

— Hein ? le regarda Jean étonnée.

— Techniquement, on n'a au maximum que 6,25 % de gènes en commun en supposant qu'à chaque fois les générations de nos deux lignées ont exclusivement hérité des mêmes gènes de notre arrière-arrière-grand-mère commune Sally. Ce qui est totalement improbable. Je dirais que nos gènes communs doivent être au maximum égaux à 1%, et que j'ai donc statistiquement plus de chance d'avoir des gènes en commun avec mon voisin qu'avec toi.

Jean l'observa en riant, un peu dubitative, ne sachant pas si cette démonstration d'intelligence était glaçante ou non, et le lui signifia d'un haussement de sourcil.

— Ou je peux te présenter à un ami, déclara amusé Phileas.

Jean le regarda tout sourire.

— Peut-être que tu m'auras, mais seulement une fois ! le taquina-t-elle alors.

— Bah tiens, c'est toi qui pourras peut-être m'avoir une fois ! rétorqua Phileas.

Fumant un pétard sur le lit de Jean, les deux jeunes gens devinrent immédiatement amis, et d'une complicité presque fraternelle. Jean et Phileas se considérèrent chacun l'un l'autre comme le frère et la sœur qu'ils n'avaient jamais eu, et quelque temps plus tard, ce dernier présenta d'ailleurs à la jeune femme l'homme qui deviendrait son premier petit ami.

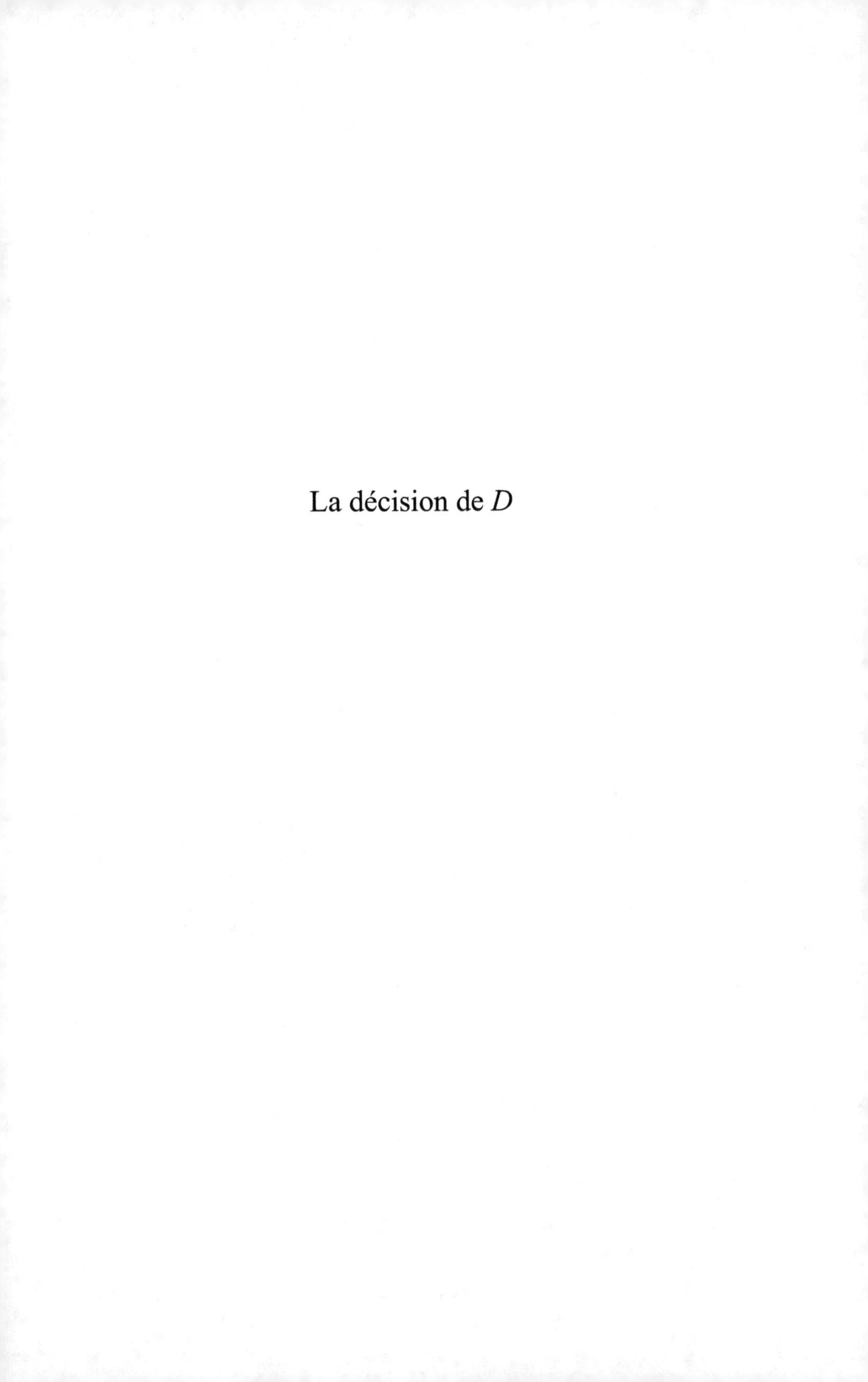

La décision de *D*

Marianne s'installa à son bureau et pesta. Elle était furieuse. Allumant son ordinateur, elle attendit qu'il soit complètement lancé, puis essayant de se calmer, se servit un verre de whisky et le but d'une traite. Elle convoqua alors son assistante en s'en resservant.

— Anna ? l'appela-t-elle.

— Madame ? se présenta la jeune femme à son bureau quelques secondes plus tard.

D regarda la jeune femme d'un air irritée.

— Pouvez-vous aller me chercher l'agent Queneau s'il vous plait ?

— Bien sûr.

Tandis que son assistante s'exécuta, *D* but une nouvelle gorgée de son alcool et soupira de colère. Comment diable avaient-ils pu laisser passer ça ? Elle leur avait transmis un dossier complet sur les différents protagonistes de l'histoire, sur les échanges d'armes, sur les malversations de cet enfoiré, et ils avaient tout simplement décidé de fermer les yeux, de laisser les choses se faire. Le gouvernement avait décidé de ne rien faire pour ne pas s'attirer les foudres d'un milliardaire influant, et résultat, six personnes étaient déjà mortes et cela ne ferait qu'augmenter !

D grommela encore, et en lisant l'affaire dans les journaux le matin même, elle avait finalement pris sa décision. Elle s'était emportée contre lui, ils s'étaient disputés concernant son attitude, son incessante capacité à l'emmerder et surtout à propos de tout ce qu'il avait fait dans son dos, mais Phileas Queneau avait raison, il fallait qu'ils agissent correctement, qu'ils fassent ce qui était juste. Il était temps qu'elle arrête de se voiler la face et agisse avec responsabilité. C'était à ça que servait le *Service*.

D leva les yeux, et vit Anna revenir avec l'agent en question. La jeune femme lui souriait, et toujours égal à lui-même, charmeur, il lui faisait des avances discrètes. Puis entrant dans son bureau, il referma derrière lui et s'assit face à elle et redevint sérieux.

— Vous les aimez blondes maintenant ? demanda-t-elle avec sarcasme.

Phileas s'étonna, ne comprenant pas ce qui lui valait une telle agressivité de si bon matin, mais il resta égal à lui-même et lui sourit en retour.

— Moi aussi je vous aime *D*, lâcha-t-il simplement.

La vieille dame soupira en regardant en l'air, fatiguée, exaspérée, et finalement, fixa son agent dans les yeux. Mais elle n'arrivait pas à contenir sa rage, la colère qui l'animait, et il le vit.

— Que puis-je pour vous, madame ? lui demanda-t-il alors.

D le scruta toujours dans les yeux, voulant être certaine qu'il serait bien l'homme à la hauteur pour cette tâche. Mais au fond d'elle, elle savait déjà que oui.

— Je vous annonce prendre la décision de réactiver le service *Double Zéro*, déclara-t-elle alors, et je vous charge d'une mission.

Elle ouvrit son tiroir, et en sortit un dossier qu'elle déposa devant lui.

Phileas n'en crut pas ses oreilles, un peu surpris, mais tâchant de garder son sérieux, il le prit et commença à le lire.

— Je veux que cela soit réglé d'ici la fin de la semaine, annonça-t-elle.

— Bien madame.

Phileas la salua de la tête, puis repartit. *D* termina alors son verre, et s'en resservit un. Puis alors qu'elle se pencha sur les dossiers du jour pour les traiter, elle rappela son assistante.

— Anna ? demanda-t-elle.

— Oui madame ?

La jeune bonde à lunette ouvrit la porte du bureau et s'avança jusqu'à elle.

— Je veux que vous épluchiez les dossiers de nos agents, lui ordonna *D*. Sélectionnez les plus aptes et dressez-moi une liste de sept noms.

— Aptes à quoi madame ? demanda poliment l'agente Marion.

D plissa les yeux sans lever les yeux du document qu'elle avait sous les yeux.

Aptes à intégrer la section 00, répondit-elle.

Le visage de la jeune femme se grima d'un rictus inquiet et sérieux.

— Bien madame, acquiesça-t-elle.

La jeune assistante sortit de la pièce, *D* essaya d'enlever de sa tête l'image qu'elle avait de Phileas déboutonnant son haut et la prenant contre son bureau, certaine qu'Anna ne résisterait pas bien longtemps à ses charmes, puis elle tenta d'avancer dans son travail malgré la rage que lui inspirait toute cette affaire.

Dimanche 19 novembre 2000, 23h56.

Marianne tira ses draps, et fatiguée de sa journée, s'allongea dans son lit. C'est alors qu'elle reçut un SMS de l'agent Queneau, et prenant son téléphone portable, elle le lut attentivement.

« Mission exécutée. L'affaire est réglée. », annonçait-il.

D sourit, heureuse d'entendre enfin une bonne nouvelle, et répondit immédiatement : « *Je vous attends demain dans mon bureau pour rapport et nouvelle mission.* »

« *Bien madame, bonne nuit à vous.* », reçut-elle.

Marianne éteignit la lumière, embrassa son mari, et ferma les yeux le sourire aux lèvres. Elle allait enfin passer une bonne nuit.

Vacances dans les Vosges

Été 2001. Dossier #758693.

La pièce n'était pas très bien éclairée, elle était sombre, assez morne, et elle ne sentait pas la meilleure des odeurs. Espérant que cela ne l'avait pas trop dérangée, l'homme s'avança vers la chaise libre de l'autre côté de la table, et s'installa en face de la demoiselle prénommée Isabelle. Puis ouvrant son dossier, déclenchant son magnétophone, il la regarda avec curiosité.

— Que s'est-il passé ? demanda-t-il.

Isabelle leva les yeux vers lui, le regard las. La joue encore couverte de sang et un hématome sur la mâchoire, elle soupira. Puis elle lui raconta son histoire.

Une semaine plus tôt.

Le paysage défilait le long de la route, vert, ensoleillé et reposant. Ses lunettes de soleil rivées sur le nez, Isabelle sourit. Les vacances, enfin. Plus de devoirs à corriger, plus de réveil le matin, plus d'obligations, non, juste Jack et elle. Appréciant le souffle du vent généré par la vélocité sur son visage, la jeune femme se sentit bien et heureuse. Puis elle dégourdit ses orteils et regardant vers Jack, posa sa main sur la sienne sur le levier de vitesse.

— Tu sais ce que j'apprécie le plus dans ces vacances ? lui demanda-t-elle.

Jack regarda vers elle en souriant.

— D'être avec moi ?

La jeune femme esquissa un sourire, et lui caressa la main.

— Non, d'être coupés du monde, de n'avoir rien à faire.

Isabelle soupira de plaisir. Ce serait juste des vacances entre amoureux, et c'était magique.

Deux heures plus tard, Jack se gara devant le chalet, et sortant de la voiture, s'étira.

— *Voilà, perdue dans les bois, au calme, sans élèves, sans connexion internet, et sans téléphone.*

Isabelle s'avança vers son futur époux, et l'embrassa.

— *Quel cliché mon chéri ! Tu sais, on sort déjà ensemble, pas besoin de me faire des combines comme ça, s'amusa-t-elle.*

— *Haha.*

Jack la prit dans ses bras, et regarda en direction du chalet.

— *Je venais ici en colo quand j'étais petit, et le propriétaire est devenu un ami.*

— *Et bien, fais-moi visiter ton ancienne chambre ! sourit Isabelle.*

Jack acquiesça, et l'emmena visiter. Le chalet Saint Rémi était une vieille bâtisse délabrée dans la forêt non loin du col de Martimpré. C'était beau, grand et douillet quand la chaudière fonctionnait, que l'eau était chaude, et que le LIDL du coin était ouvert. Car il fallait savoir que l'eau du robinet ne se buvait pas. L'eau courante était alimentée par un réservoir, lui-même alimenté par des sources forestières. D'après les études, l'eau était infectée par le virus de la gastroentérite à hauteur de 10%... En même temps, une eau de source où en amont les animaux boivent et défèquent, il n'y a pas grande chance pour que cela soit mieux... Le pire était toutefois que des colonies et des classes de découverte y établissaient le temps des vacances. Quoi qu'il en soit, il fallait donc aller en magasin acheter de l'eau, à Gérardmer. Mais enfin, Jack y avait de bons souvenirs, alors il avait décidé qu'ils y passeraient leur nuit de noces en attendant d'aller en Croisière.

Après tout, seuls à deux dans un immense cottage dans la forêt... c'était magique.

— Et que s'est-il passé pendant cette semaine ? demanda le policier.

Isabelle leva les yeux vers lui.

— *Je veux des tas de bébés ! s'écria Isabelle.*

— *Combien ?*

— *Trois de chaque !*

— *Oh, et bien, commençons tout de suite !*

Jack se jeta sur sa femme pour la saisir aux hanches et l'embrasser. Fougueux, il glissa sa langue dans sa bouche et la coucha sur le lit. Puis il la déshabilla et la prit sur le rebord de la fenêtre.

— On a profité de notre nuit de noces, répondit-elle.

Le policier la regarda en fronçant les sourcils.

— Et quand est-ce que cela a commencé à dégénérer ?

Isabelle ferma les yeux, et tâcha de se remémorer.

— Quand on a commencé à trouver des animaux morts dans la forêt du domaine. D'abord des écureuils, puis des lapins, et finalement un cerf. Ils avaient été dévorés vivants.

— Et ? demanda le policier.

Isabelle eut du mal à se rappeler, à se remémorer les détails les ayant menés au calvaire qu'ils avaient vécu.

— En se baladant dans la forêt, on a aperçu un homme au loin, à une centaine de mètres de nous. Et le lendemain je crois, on l'a revu, et on l'a suivi, pensant trouver un autre chemin pour se balader le long du col. C'est alors qu'on l'a aperçu décharger un corps de sa voiture dans la rivière. On était effrayés, et on a rebroussé chemin en courant.

Isabelle trembla de tout son être rien qu'en y pensant. Puis elle se massa machinalement la jambe au niveau de sa blessure.

— Il nous a attaqués dans le chalet, avec sa hache. J'ai reçu un coup, Jack deux.

Isabelle prit un coup dans la jambe, qui lui entama la chair jusqu'à l'os et qui lui arracha un cri d'effroi. Puis Jack cherchant à la défendre, il reçut lui un puissant coup dans l'épaule. Son hurlement terrifia Isabelle comme jamais. Elle avait peur, elle était mortifiée... Elle sentait la fin venir, ils allaient se faire tuer, ce n'était plus qu'une question de seconde.

— Et comment vous vous en êtes sorti ? demanda le policier.

Isabelle le regarda, chamboulée.

— Il y a cet homme qui est soudain rentré dans la pièce... Il portait un costume trois-pièces cravate, et a simplement tiré une balle dans la tête du type.

— Et ?

— Il était très calme, très confiant. Il a compressé nos plaies, nous a fait des garrots, puis il est ressorti en fermant derrière lui. Trois minutes plus tard, vous et l'ambulance arriviez.

Isabelle balança la tête, n'y croyant toujours pas.

— Il était comment ? l'interrogea le policier.

La jeune femme leva les yeux vers lui, incertaine.

— Grand, brun, il ne devait pas avoir plus de 25 ans. Il disait s'appeler Phileas.

Isabelle regarda le policier, encore marquée par tout ça.

— Il nous a sauvé la vie, puis est parti sans un mot. Je n'avais jamais vu un type comme ça, aussi froid, distant et obscur... Mais une chose est sûre, il nous a sauvé la vie.

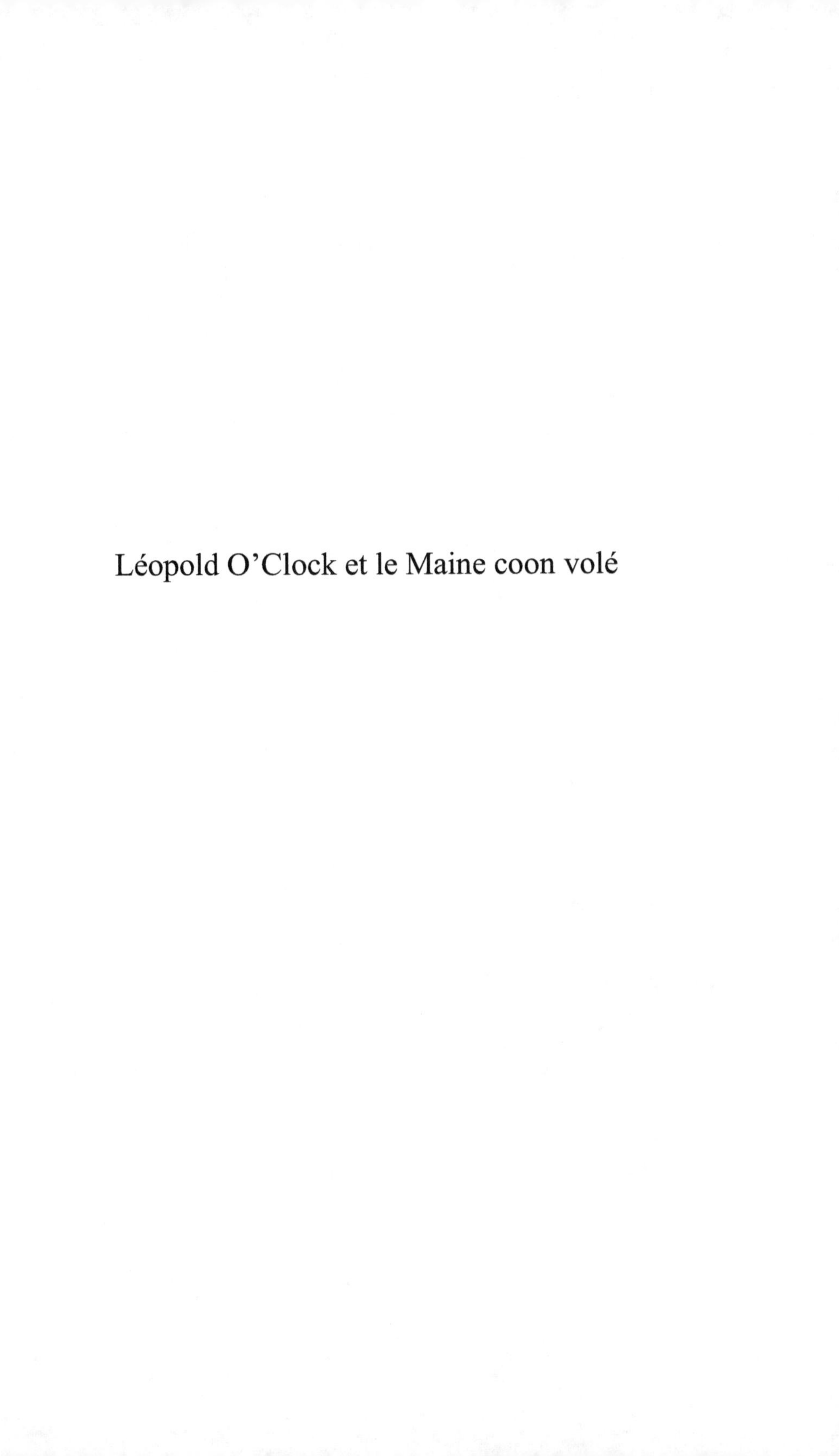

Léopold O'Clock et le Maine coon volé

1

3 janvier 1903

— Un chat ? demanda Léopold.

— Oui, un chat, s'exclama Sally. Il a été volé durant la nuit, et sachant qu'une immense fortune est couchée sur le testament au nom de la bête, cela peut faire des envieux. Alors Lady Annabelle Alistair a contacté la police, qui nous demande de nous en occuper.

Léopold se leva et se montra particulièrement dédaigneux.

— Donc, la police qui est des plus incompétentes, nous demande de nous occuper d'un dossier qu'elle ne veut pas traiter ? Pourquoi ? Est-il trop petit à son goût, ou bien trop difficile ?

Sally mit ses mains sur les hanches, et regarda Léopold d'un air contrarié.

— Cela fait trois semaines que vous rouspétez qu'on n'ait pas de nouvelle affaire, que vous tournez en rond ici sans trouver à vous occuper, et maintenant qu'on a un mystère sur les bras, vous faites votre Français ?

Léopold se tourna vers sa secrétaire, et lui lança un œil accusateur.

— Miss Deglow, vous êtes d'un rare ennui, annonça-t-il.

— Je vous demande pardon ? s'offusqua la jeune femme.

Léopold se tourna vers Thomas, assis dans son fauteuil en train de lire un livre.

— Dites-lui vous Thomas ! s'exclama-t-il.

— Lui dire quoi ? plissa les yeux Sally.

L'ancien brigadier referma son livre, inspira avec détermination, et joignit les mains en regardant son amie.

— Très chère Sally, ce que Léopold veut dire, c'est que votre envie de vous occuper ne justifie pas qu'on accepte une telle enquête.

— Mon envie de quoi ? demanda Sally en haussant le ton.

— Votre envie de vous occuper, s'exclama Léopold en s'asseyant sur l'accoudoir du fauteuil de son assistant. Vous êtes enceinte, et vous aimeriez qu'on accepte de prendre cette petite affaire pour pouvoir revenir sur le terrain avec nous !

Sally serra les poings, et partit dans la cuisine en rouspétant.

— Vous deux alors, je vous jure ! Jamais je n'aurais dû vous le dire !

— Vous en êtes à trois mois, et même si votre ventre n'est pas gros, nous préférons vous tenir à l'écart du danger, tout simplement, se justifia amusé Léopold.

La jeune fille grommela encore dans la cuisine, puis revint au salon.

— Je suis en état d'enquêter ! s'emporta-t-elle.

— Sally, nous n'en doutons pas, tâcha de la tempérer Thomas, mais tout de même, vous portez la vie, et vous devez faire attention !

— Trois mois bon Dieu ! Je suis en pleine forme !

— Quand bien même. C'est préférable que vous restiez ici !

— À faire le repas pendant que ces messieurs sortent et enquêtent sur la mort de Monsieur Phileas ? Hors de question ! D'ailleurs j'adorerais que vous deux portiez un enfant, qu'on vous surprotège de la sorte et que vous restiez vous aussi ici coincé à faire la vaisselle !

Thomas et Léopold se regardèrent, un peu embarrassés.

— Allons Sally, ce sont les hormones qui parlent…

Sally vit immédiatement rouge, et Thomas et Léopold durent retenir leurs rires pour éviter de subir son courroux.

— C'est entendu, s'amusa Léopold, nous acceptons !

2

Comme la maison de son frère et de son père avant lui avait été détruite, Léopold avait déménagé le *cabinet IO* chez Lord Fellow, sa résidence se trouvant inhabitée du fait de son décès. S'y installant avec Sally et Thomas, le dernier membre de la famille O'Clock fut ravi de vivre dans cette immense propriété, riche et à l'écart du centre-ville. Car outre son nombre considérable de pièces, lui permettant d'aménager entre autres une salle d'escrime, une salle où faire de la boxe, et même d'offrir à Hector une chambre rien qu'à lui loin, très loin de sa vue, Léopold apprécia tout particulièrement de pouvoir disposer des avantages des lieux pour protéger Sally et Thomas en cas de nouvelle attaque du ou des assassins de son frère. Par chance, certaines affaires avaient été sauvées de l'incendie, les flammes ayant finalement été maîtrisées avant que toute la demeure ne parte en fumée, mais il n'en restait pas moins que si on désirait mettre le feu à leur nouveau logis, ils auraient plus de chance de pouvoir en réchapper ici qu'à leur ancienne demeure. Obligeant ses deux acolytes à mémoriser tous les accès de la bâtisse et toutes les caches où il avait dissimulé de quoi les défendre, il comptait en tout cas être prêt pour la prochaine fois où on voudrait leur envoyer un message. À côté de cela, leur enquête sur la mort de Phileas avançait malheureusement peu. Léopold réunissait des informations sur les Lords et les députés siégeant à Westminster, mais qui que soit leur ennemi, il était doué et savait se faire tout petit.

— La clé de l'histoire se trouve dans les enquêtes de Phileas, dans ce qu'il faisait. Il n'y a que là que l'on trouvera la raison qui poussa le tueur à lui ôter la vie, s'exclamait-il à chaque fois qu'il était perdu dans les méandres de son cerveau.

Puis se penchant vers Thomas et Sally, il leur posait alors à chaque fois les mêmes questions.

— Que faisait-il quand il n'était pas avec vous ? Où allait son esprit ? Sur quoi enquêtait-il sans vous le dire ?

Hélas, Sally et Thomas n'avaient pas de réponses à lui fournir. Découragé, Léopold regardait alors encore et encore dans les dossiers et les papiers sauvés de l'incendie. Ils n'avaient cependant pu récupérer que peu de documents s'avérant utiles à l'enquête. Outre quelques mobiliers et fournitures, et les affaires appartenant à Léopold et Thomas se trouvant dans leurs chambres, ils n'avaient d'ailleurs pas récupéré grand-chose. Sally perdit d'ailleurs elle toute sa garde-robe et ses affaires, car sa chambre se trouvant au premier étage, elle fut touchée par le feu criminel avant qu'il ne soit maîtrisé.

3

— Il a été aperçu pour la dernière fois ici, dans le jardin, s'exclama Sally.

Léopold se pencha sur les massifs de fleurs désignés par sa secrétaire et gagnés par le gèle, et observa un petit tas de crottes de chat partiellement recouvert de neige.

— Il y a combien de temps ? demanda Léopold.

— Ce matin, aux alentours de six heures.

O'Clock fronça les sourcils.

— La bête dort dans la chambre de Lady Alistair avec elle, révéla Sally, et elle en est sortie ce matin alors qu'elle se rendait aux toilettes.

— Des témoins ? se montra taquin le détective.

Sally s'irrita, et désigna la bâtisse.

— Dix bonnes, un majordome, un chauffeur, et toute la famille Alistair dormaient dans cette demeure. Cela fait un paquet de suspects, mais bien entendu non, il n'y a aucun témoin.

— La police a fouillé le domaine et la maison pour retrouver la bête ?

— Oui, sans succès.

Léopold acquiesça, se releva, et retira ses gants.

— Bien, allons rencontrer notre galerie de suspects alors, déclara-t-il avec le sourire à sa secrétaire.

4

Léopold regarda d'un œil dépité l'immense tableau représentant la bête disparue au-dessus de la cheminée, puis fixa l'assemblée réunie au salon sur sa demande. C'était une affaire comme il les aimait normalement, un dossier simple, presque évident, et hautement stimulant pour son cerveau. Seulement il n'avait pas envie de s'en occuper. Il avait beau avoir attendu une enquête depuis des semaines, il venait de réaliser qu'il n'avait qu'une hâte, c'était de retourner à la maison.

— Il paraitrait qu'on ait volé un chat en ces lieux ? s'exclama-t-il malgré tout pour commencer.

— Oui, un magnifique Maine coon rapporté d'Amérique par un de mes bons amis, répondit en larmes Lady Alistair. Mon dieu, ma petite Mathilda…

Léopold se détourna de la vieille dame en levant les yeux au ciel, trouvant cette affection pour un animal ridicule, et observa toute la famille. À leurs visages, il comprenait aisément leur envie de se débarrasser du félin.

— Nous avons ici trois enfants, cinq petits-enfants, une sœur, une nièce, et deux petits neveux, constata-t-il en fixant tour à tour les membres de la famille. Bien entendu à cela s'ajoutent les compagnons !

Léopold fixa les protagonistes du mystère, et sourit pour donner l'illusion. Cette affaire l'ennuyait à mourir.

— Que voulez-vous dire en parlant ainsi de ma famille ? lui demanda tremblante Lady Alistair.

Léopold se tourna vers elle déconcerté par une telle bêtise. La vieille dame n'avait toujours pas saisi.

— Que la personne qui a volé votre chat se trouve dans cette pièce pardi !

— Oh mon Dieu ! pleura immédiatement Lady Alistair. Qui pourrait faire cela ? Qui pourrait voler Mathilda ?

Léopold observa la famille de Lady Alistair, et vit tous les yeux se baisser d'embarras en croisant son regard. Cette supposition les mettait mal à l'aise. Un sourire aux lèvres, il regarda alors Sally et Thomas. Cela allait peut-être être divertissant malgré tout.

5

Une dizaine de minutes plus tard, Lady Alistair remise de ses émotions, on apporta le thé pour que tous puissent se réchauffer. Prenant sa tasse, installé dans un fauteuil, Léopold apprécia alors immédiatement la chaleur de la boisson. *Au moins le thé était bon*, pensa-t-il.

— Qu'est-ce qui vous fait dire que c'est un membre de la famille ? demanda à voix basse Sally en venant à sa rencontre.

Léopold regarda la vieille dame, que sa secrétaire venait de réconforter, et les fixa ensuite, son assistant et elle.

— Si c'était un membre du personnel, ou quelqu'un d'extérieur, on aurait eu une demande de rançon... Alors que si c'est un membre de la famille...

— On peut espérer qu'elle change son testament, s'exclama Thomas assis à côté de lui en buvant dans sa tasse, comprenant la chose.

— Mon dieu... s'effara Sally.

Léopold but une gorgée de son thé, et fixa distraitement les membres de la famille. Il ne retint rien, peu impliqué dans l'affaire, mais il constata toutefois une chose. Qu'ils soient jeunes ou vieux, ils portaient des habits de gens riches et leurs visages affichaient un air de culpabilité.

— Alors lequel est l'auteur du crime ? demanda Sally.

— Et où est le chat ? questionna avec sérieux Thomas.

Léopold se redressa, et offrit sa tasse à Sally.

— Tenez, buvez un coup, cela vous réchauffera.

Sally accepta son thé, et y but une gorgée. Puis fixant la famille Alistair, elle fut parcourue d'un frisson. Parmi ces gens se cachait un être assez répugnant pour s'en prendre à un animal…

6

— Comment osez-vous accuser un membre de ma famille d'avoir commis un pareil acte ? s'exclama Théodore, l'aîné des enfants de Lady Alistair.

Léopold regarda en l'air. C'était pathétique et cela l'ennuyait au plus haut point.

— Pourquoi diable ne vous êtes-vous pas manifesté devant votre chère mère ? Peut-être pour ne pas attirer l'attention ?

Le vieil homme fronça les sourcils.

— Vous avez fait pleurer ma mère ! Cela ne se passera pas comme ça, je vous ferais un procès !

— Oui ! Comment osez-vous ? ajouta une des petits-enfants.

— C'est un scandale ! déclara la sœur.

Léopold soupira, et Sally revenant finalement dans la pièce avec Lady Alistair, l'aîné de la famille se rassit comme si de rien n'était et tout le monde se tut. Le dernier des O'Clock passa alors derrière le canapé où était assis le vieil homme, et posa ses mains sur ses épaules. Il les serra alors avec une rare force.

— Lady Alistair, vous êtes revenue, nous allons donc pouvoir commencer ! s'exclama-t-il ensuite en se tournant vers la vieille femme. Sachez tout d'abord ceci, j'ai résolu votre affaire, je ne sais pas encore où est Mathilda, mais je sais qui est le coupable !

Il regarda toute la famille, et sourit en les voyant tous embarrassés. Sally aida alors la vieille dame à s'assoir, puis vint auprès de lui.

— Vous avez deviné qui était le coupable ? Vous leur avez parlé ?

— Ah non, pas du tout, j'ai juste dit ça pour la forme, annonça très honnêtement Léopold.

Il se rendit auprès du tableau représentant le félin sous le regard contrarié de son assistante, et se retournant, fit face à la famille Alistair. Il aimait jouer sur le côté théâtral.

— Je dois admettre que c'est l'une des enquêtes les plus faciles qu'il m'ait été donnée de résoudre, déclara-t-il. Car voyez-vous, jamais, ô grand jamais, je n'ai mis aussi peu de temps à trouver le coupable.

Puis Léopold s'installa dans son fauteuil, et observa la réaction de la famille. À dire vrai, il n'avait eu aucune envie de leur parler, de recueillir leurs alibis et de débusquer qui mentait dans le tas. Le ridicule de l'affaire et les problèmes familiaux ne l'intéressant guère. Du coup, il y allait au bluff, et pour une fois, improviserait au fur et à mesure. Cela serait peut-être un exercice intéressant après tout, et puis merde quoi, il n'allait pas se fouler pour un stupide chat.

— Donc, sachez que je sais qui parmi vos proches, Lady Alistair, a enlevé votre chat ? Mais voulez-vous d'abord savoir pourquoi ? soupira-t-il presque.

La vieille dame dont Léopold ne se préoccupa même pas de deviner l'âge avancé, hocha la tête, et essuya ses larmes avec un mouchoir. Léopold fit alors son monologue.

— Pour votre argent, pour l'héritage, déclara-t-il. Le chat retiré de l'équation, vous serez forcée de rédiger un nouveau testament, et le voleur s'assure ainsi de pouvoir toucher sa part à votre mort.

— Mais… mais… pourquoi ? recommença à pleurer à chaudes larmes la vieille dame.

Léopold soupira en regardant de nouveau en l'air. Bon sang, il en voudrait presque à Sally d'avoir proposé qu'ils enquêtent sur cette affaire. C'était d'un ennui, il détestait devoir supporter de telles jérémiades. Ce n'était qu'un stupide chat bon sang ! Un animal qui nettoyait son propre fondement avec sa langue !

— Vous devriez tous écouter ce qu'il a à dire, s'exclama soudain Thomas. Mon cher ami est un des plus grands détectives au monde, et il a résolu le crime qui s'est tramé ici !

L'ancien brigadier se leva, et rejoignant son ami, lui sourit discrètement, certain de la vérité.

— Vous n'avez toujours pas trouvé, et moi je me gausse, lui chuchota-t-il.

— La paix Thomas, ou je vous passe la parole.

— Allons Léopold, vous avez beau vous ennuyer à mourir, il va bien falloir allumer ce fantastique cerveau… Alors hâtez-vous, on a une partie de billard à jouer.

Léopold esquissa un rictus à son ami, mais approuva sa remarque. Soupirant une énième fois, il observa donc pour la première fois réellement la famille de sa cliente, fixa tour à tour chaque visage, et finalement, se décida à travailler. Il développa rapidement dans son esprit le mobile probable de chacun, puis étaya chacune de ses théories en imaginant différents scénarii à partir de leurs attitudes. Après plusieurs secondes, il trouva alors la solution et sourit de son génie. Il savait qui avait fomenté le crime.

— Lady Alistair, s'il vous plait ? demanda-t-il à la vieille dame.

— Oui ? répondit-elle.

Léopold les regarda Sally et elle avec sérieux.

— Lady Alistair, pourriez-vous accompagner Miss Deglow jusqu'au jardin, pour faire une petite balade ?

— Quoi ? Mais ? s'étonna la dame.

— Pourquoi ? s'indigna Sally.

Léopold hocha la tête à sa secrétaire pour la rassurer, et l'invita à obéir. Bien qu'agacée, la jeune femme accepta donc, et aidant la maîtresse des lieux à se relever, l'accompagna jusqu'au jardin. Dès que la porte fut refermée, le dernier des O'Clock regarda alors la famille d'un œil noir. Cette fois, il travaillait pour de vrai.

— Bon, fini de jouer, je sais que vous êtes tous dans le coup, alors je vais vous proposer un marché. Vous allez nous payer avec votre argent pour cette affaire, sans utiliser celui de Lady Alistair, et Thomas et moi ne lui dirons pas la vérité. Si le chat est encore vivant, j'inventerais même une histoire expliquant qu'il s'est lui-même coincé quelque part dans le domaine.

Thomas fit des yeux ronds en entendant ses mots, et chacun des membres de la famille dont Léopold avait déjà zappé le visage de son cerveau, baissa les yeux.

— Elle est tellement folle de son chat, s'exclama soudain Théodore Alistair, las.

— Elle en parle constamment ! renchérit un des petits enfants.

— C'est invivable.

— Okay, clôtura les jérémiades Léopold, doublez nos honoraires, et nous acceptons de la convaincre, pour la propre sécurité du chat, de ne pas le nommer comme unique légataire, déclara alors le détective. Cela vous va ?

Thomas regarda toute la famille acquiescer, bouche bée, et déglutit avec amertume.

— Bon Dieu Léopold, rappelez-moi d'avoir ni enfants, ni chat, souffla-t-il incrédule, ne s'attendant pas à un tel complot.

7

Léopold, Sally et Thomas arrivèrent en silence devant leur diligence, un goût amer en bouche.

— À la maison, John, ordonna Léopold.

— Bien monsieur ! répondit le cocher.

Les trois compères montèrent dans leur moyen de transport, et refermant derrière eux, s'installèrent à l'abri du vent hivernal.

— Je n'arrive pas à croire qu'ils soient tous coupables, s'exclama Sally écœurée.

— Que voulez-vous ? répondit Thomas, ils n'avaient pas envie de se retrouver sans le sou à cause d'un chat.

— Bon sang, qui couche son chat sur son testament ? déclama Léopold dépité.

— Peut-être que sa famille est si écrasante à vouloir récupérer son argent, qu'elle a préféré leur donner une leçon ? supposa Sally. Ou peut-être que le chat lui apporte plus de réconfort que ses propres enfants ?

— Non, je penche plus pour la folie d'une vieille femme gâteuse, rétorqua Léopold.

— Oui, moi aussi, avoua Thomas.

Sally fit la moue devant une telle absence de compassion, mais ne répondit pas.

— Bah, au moins nous avons été payés, annonça-t-elle donc pour changer de sujet. Et le double de ce qu'on en demandait ! Ce sera bien assez pour payer quelques factures supplémentaires et aider à reconstruire la maison.

Léopold regarda par la fenêtre, soudain frigorifié par la fraîcheur de l'hiver.

— On n'utilisera pas cet argent pour reconstruire la maison, annonça-t-il évasif.

— Je vous demande pardon ? s'étonna la jeune femme.

Léopold tourna la tête vers elle, le plus sincère du monde.

— Cet argent est pour vous. Pour votre enfant. Payez-vous une nouvelle garde-robe, et achetez et installez donc un berceau dans la grande chambre à côté de la vôtre.

— Mais ? Mais, je ne peux accepter !

Léopold sourit distraitement.

— Miss Sally Deglow, Thomas et moi nous nous sommes plus âgés et nous nous contentons du minimum, quelques cigares pour l'un, quelques bouteilles pour l'autre... et puis vous avez perdu presque toutes vos affaires dans l'incendie, alors prenez-le.

Sally regarda le dernier O'Clock avec émotion. Elle ne savait pas quoi dire… et Léopold observa de nouveau le paysage glacé par-delà la fenêtre. Il n'y avait rien à dire en réalité, si ce n'est que cette affaire l'avait ennuyé. *Franchement, un chat comme unique légataire ?*

Chloé

Printemps 2004.

Chloé Lepommier regarda par la fenêtre, et soupira. Il faisait beau et chaud dehors. C'était un temps radieux, un temps à se poser dans l'herbe et à boire des bières…

Chloé reposa ses yeux sur sa feuille, et relut la question qui lui était posée. Elle y réfléchit, et en fouillant dans sa mémoire elle savait qu'elle trouverait la réponse. Mais elle hésitait.

La jeune femme s'appuya nonchalamment sur le dossier de sa chaise, et regarda autour d'elle ses camarades. Ils étaient tous penchés le nez sur leurs copies, absorbés dans leur examen, et soufflant de lassitude, elle continua à se poser sans cesse la question. Laissant ses yeux se balader dans l'amphithéâtre, elle dévisagea un instant les chiffres de l'horloge accrochée au-dessus du tableau, puis son regard revint alors naturellement vers l'extérieur, où il faisait si beau et si chaud…

Chloé joua avec son stylo en se mordant la lèvre inférieure. Puis elle fixa leur professeur assis au bureau devant le tableau. Il leva à ce moment la tête et l'observa en fronçant les sourcils. Chloé se remit au travail, et repencha la tête sur sa copie. Sortant la pointe de son stylo, elle commença alors à rédiger sa réponse.

Quand finalement elle prit sa décision. Elle déchira sa feuille, et se leva.

— Je me casse ! déclara-t-elle.

— Hein ? demanda le professeur incrédule.

Chloé prit ses affaires et descendit les escaliers menant à la sortie.

— J'abandonne, j'en ai marre ! Je quitte la faculté ! s'exclama-t-elle.

Le professeur tenta de la retenir et certains de ses camarades applaudirent ou sifflèrent son départ avec joie, mais la jeune femme avait pris sa décision, et elle ne reviendrait pas en arrière.

— Mais enfin Chloé ? Que faites-vous ? Qu'allez-vous faire ?

La jeune femme se tourna vers son professeur, et sourit.

— Je trouverais un petit boulot, je m'en fous ! Mais une chose est sûre, je ne serai pas avocate !

Chloé avait pris sa décision et sortit de l'amphithéâtre le sourire aux lèvres, heureuse d'en avoir fini.

Cinq heures plus tard.

Chloé était en ville avec ses amis et son petit ami, et fêtait l'abandon de ses études en grande pompe ! Ils en étaient ainsi au troisième bar de leur tournée et déjà bien joyeuse, elle avait décidé de ne réfléchir à son avenir qu'à partir du lendemain. Après tout, elle n'avait que vingt ans, elle avait toute la vie devant elle… La jeune femme aux cheveux caramel profita donc de la soirée, dépensant une partie de ses économies, s'amusant, draguant, lorsqu'en allant chercher les consommations au bar, elle remarqua alors une jeune femme qui y était accoudée. Chloé ne sut dire ce qui capta son attention, son regard ou ses cheveux d'un roux presque rouge, mais toujours est-il qu'elle en resta immédiatement bouche bée de fascination. Elle la fixa ainsi dans les yeux plusieurs secondes, admirative, contemplative, et tandis que la jeune femme lui sourit, elle se sentit rougir sans savoir pourquoi. Mais on lui apporta soudain ses bières et revenant à la réalité, Chloé paya embarrassée ce qu'elle devait et emmena les verres à sa table. Discutant dès lors distraitement avec ses amies, elle ne put toutefois détourner le regard de cette femme seule attendant elle ne savait quoi. Chloé but sa boisson tout en la regardant toujours, les deux jeunes femmes se dévisageant, chacune curieuse de l'autre… Puis finalement Chloé trouva une excuse pour laisser ses amis et la rejoignit au bar pour discuter avec elle.

— Désolée, je n'arrête pas de te dévisager, j'en suis désolée, s'excusa-t-elle.

— Ce n'est pas grave, s'exclama la rousse en repassant une mèche de cheveux derrière son oreille.

Chloé sourit, et lui tendit la main.

— Bonsoir, je m'appelle Chloé, se présenta-t-elle alors.

— Enchantée, moi c'est Jean, répondit la jeune femme en l'invitant à s'installer à ses côtés.

Chloé s'assit à ses côtés, et commençant à discuter, les deux jeunes femmes échangèrent des plus naturellement. Passant le reste de la soirée avec elle, Chloé n'aurait alors su le décrire, mais elle ressentit immédiatement une attirance pour cette intelligente, épanouie et surtout séduisante demoiselle. Elle se surprit même d'éprouver un désir presque homosexuel pour elle.

Un mois plus tard.
Chloé entra dans l'appartement avec son dernier carton et ravie, referma derrière elle.

— Une bonne chose de faite ! sourit-elle.

Elle déposa ses affaires sur la commode de l'entrée et fit face à Jean. S'avançant vers elle, celle-ci lui déposa alors un baiser sur les lèvres puis la tint par la taille.

— Ton ex m'a appelé, il te dit qu'il s'en veut et qu'il aimerait que tu reviennes, annonça-t-elle.

Chloé ricana en passant ses bras autour du cou de son amie, puis soupira.

— Te traiter de sale lesbos de merde puis te demander deux semaines plus tard de passer ses messages… Je ne regrette vraiment pas de l'avoir quitté.

Jean sourit.

— Que veux-tu, son égo de mâle en a pris un coup.

— Le pire c'est que s'il ne t'avait pas traitée comme ça je serais certainement restée avec lui. Mais bon, de toute façon ce n'était pas vraiment sérieux.

Chloé se rendit jusqu'à la cuisine, et se servit une bière dans le frigo.

— Ce soir on va à un barbecue avec Phileas, annonça alors Jean.

— Parfait, s'exclama la jeune femme.

Elle se retourna vers son amie, et sourit. Habillées toutes les deux d'un débardeur et d'un short, elle était sûre qu'elles feraient bonne impression à l'ensemble des convives.

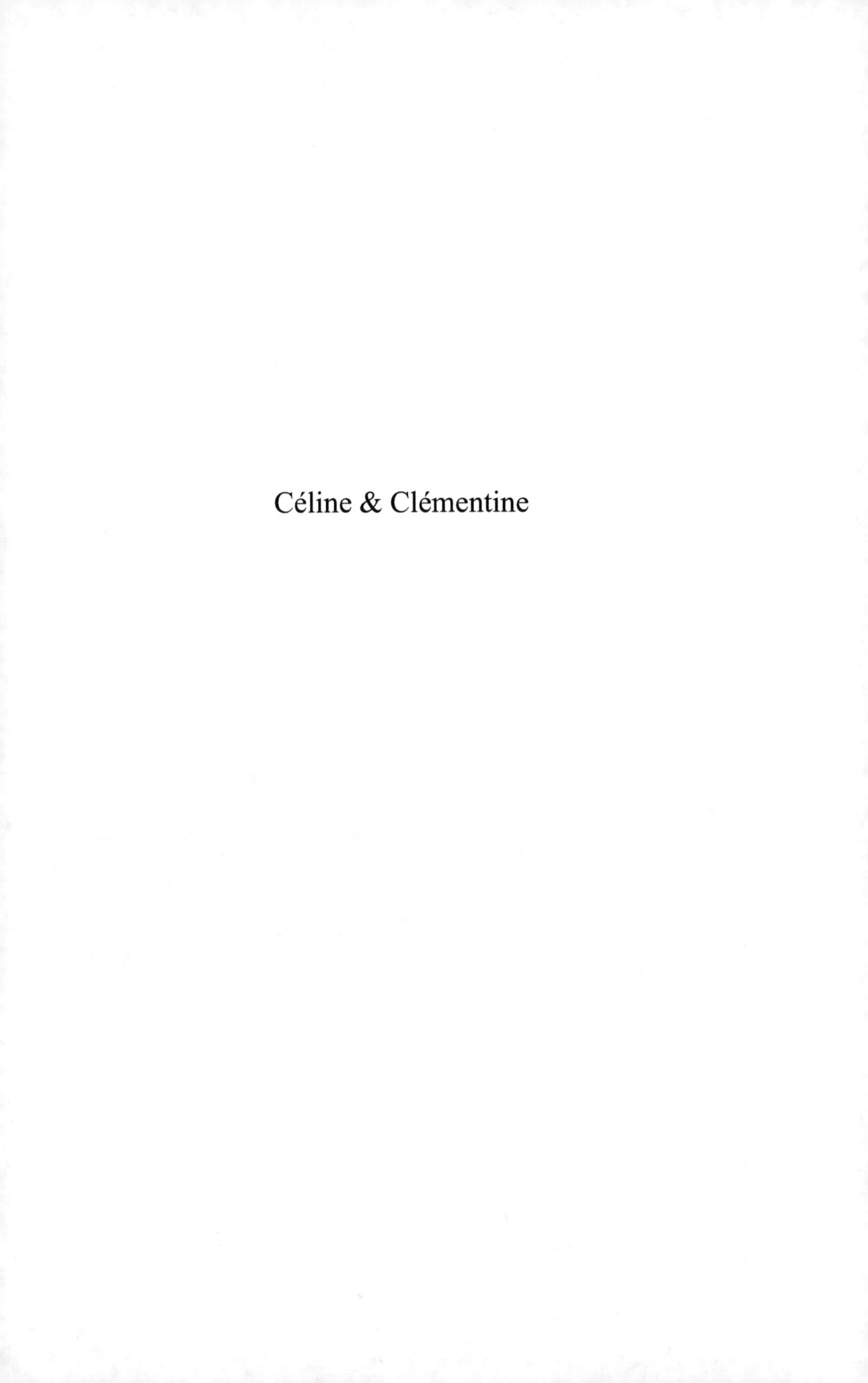

Céline & Clémentine

Céline serra sa sœur contre elle, et recroquevillées dans le placard de sa chambre, elles pleurèrent en silence. En bas, dans le salon, leur père avait des mots violents avec leur mère. Elles essayèrent de ne pas entendre la dispute, de ne pas percevoir les cris de douleur de leur mère, mais rien n'y faisait, malgré la distance, elles assistaient au spectacle.

— Quand est-ce qu'ils vont s'arrêter ? demanda Clémentine terrorisée.

Céline posa la tête de sa petite sœur contre son épaule et tenta de la rassurer.

— Je te promets qu'un jour, tout cela cessera. Je te le promets petite sœur…

Céline embrassa le front de Clémentine, les larmes aux yeux et pleine d'espoir. Elle n'avait toutefois aucune idée à ce moment-là du temps que prendrait sa promesse pour se réaliser, du temps qu'il faudrait avant qu'elles ne puissent finalement être en paix. D'ici là, elles souffriraient énormément. Moins d'un mois plus tard, leur père tuerait en effet leur mère lors des fêtes de Noël, et deux ans plus tard, elle s'enfuirait finalement elle de leur maison, à bout, avant que Clémentine ne l'imite. Il leur faudra alors attendre treize ans, treize longues années depuis qu'elle avait fait cette promesse, avant de finalement se retrouver et que leur père, le diabolique docteur Dru, ne meurt, tué de sa main et de celle de *M*. Mais cela n'effacera jamais leurs douleurs. Âgée de dix-sept ans en ce jour, Céline était encore une enfant, et Clémentine âgée elle de quatorze ans, l'était encore plus. Elles n'étaient que des enfants, deux jeunes adolescentes qui auraient pu avoir un bel avenir, mais qu'un père monstrueux avait détruites. Céline fut frappée toute son enfance et devra vivre plus de dix ans avec la culpabilité d'avoir abandonné sa sœur, son père organisera son viol en réunion le jour de son anniversaire, elle devra ainsi vivre avec le traumatisme qu'il la regarda nue sans sourciller, prise sans ménagement par cinq hommes, et Clémentine devra elle vivre en fuite durant des années, préférée par un père qui finalement mettra tout en œuvre pour la tuer elle aussi.

— Je t'en fais la promesse, se répéta Céline en serrant sa cadette tremblotante contre elle, je t'en fais la promesse.

Les deux jeunes filles pleurèrent toujours alors qu'elles entendirent leur mère supplier pour qu'il arrête.

Il leur faudra attendre treize ans.

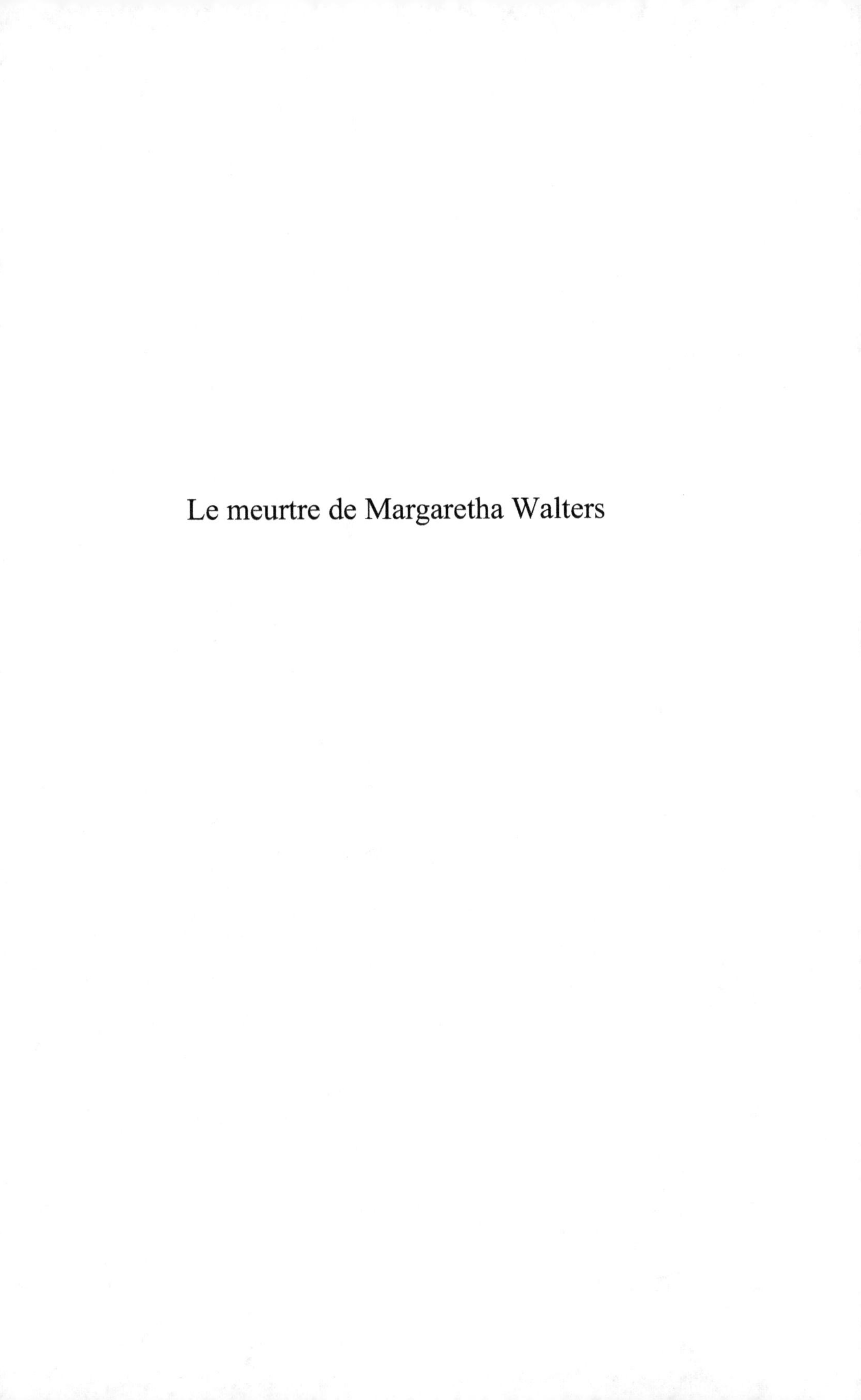

Le meurtre de Margaretha Walters

26 août 2006, Bradford, Angleterre, 20h56.

Jean et Phileas donnèrent leurs invitations à l'entrée, entrèrent dans la salle de réception bras dessus bras dessous, et la jeune femme attirant immédiatement les regards sur leur passage, ils se dirigèrent vers le buffet.

— « *J'espère pour vous deux que vous n'avez pas peur de sacrifier votre amitié* », s'exclama *D* dans leurs oreillettes.

Jean et Phileas ne dirent rien, et souriant aux convives, continuèrent à avancer vers les plats de victuailles. Phileas dut reconnaître que Jean était très belle ce soir, très séduisante, et que sa coupe de cheveux et sa robe rouge fendue sur les côtés et au décolleté généreux la rendait encore plus magnifique que d'habitude. Et pourtant il l'avait déjà vue en sous-vêtements au Club des Damnés, c'était dire. Mais ce n'était pas pour autant qu'il était prêt à *sacrifier leur amitié,* comme le disait *D.*

— Un mot de plus madame, et je vous envoie rejoindre votre amie, rouspéta-t-il donc une fois arrivé au buffet.

Prenant deux coupes, il en offrit une à Jean, puis tout en discutant en buvant, ils repérèrent les différentes sorties des lieux.

— « *Si vous comptez me tuer agent Queneau, j'aimerais autant que vous vous acquittiez d'abord de la mission.* »

Phileas souffla de mécontentement. Lady Margaretha Walters avait été assassinée une semaine plus tôt dans son manoir, et désireuse de rendre justice à son amie, *D* l'avait officieusement mandaté pour enquêter. Remontant la piste jusqu'à l'organisateur de cette soirée mondaine, il lui avait toutefois fallu une compagnie pour entrer et trouver de quoi l'incriminer… Et Jean se trouvait justement à Londres. Bien qu'il fut réticent, elle travaillait occasionnellement pour le

Service, et avait donc immédiatement accepté de jouer l'espionne pour la soirée.

— Je vois cinq accès, et deux escaliers menant à l'étage, annonça la jolie rousse en sirotant son verre.

— Probablement un menant à la cave aussi, sous l'escalier de gauche, compléta Phileas.

Il but une gorgée de son champagne, et passa une mèche rebelle de Jean derrière son oreille.

— Tu es superbe, avoua-t-il.

— Merci…

Jean lui sourit, flattée par sa remarque, et fixa l'escalier menant à l'étage.

— Il faut qu'on monte, le bureau doit être en haut, annonça-t-elle alors plus sérieusement.

— « *Il l'est* », annonça *D*, « *deuxième porte à droite dans le couloir de gauche.* »

— Il va nous falloir un prétexte, annonça Phileas.

— C'est moi ton prétexte ! s'exclama Jean.

Terminant son verre d'une traite, elle le déposa sur la table du buffet, et prenant son ami par la main, elle se dirigea vers les escaliers. Les hommes se tournant vers la Reine pour admirer sa tenue, ils montèrent ainsi le plus normalement du monde, afin de se trouver un lieu où ils pourraient être tranquilles. Arrivés à l'étage, ils saluèrent alors de la tête les gens qu'ils croisèrent, et attendant que la voie fût libre, ils entrèrent discrètement dans le fameux bureau.

— C'était un peu rapide non ? déclara Phileas en commença à chercher le coffre-fort.

— On n'avait pas le temps ! rétorqua Jean.

— « *Jean a raison, nous n'avons pas beaucoup de temps avant qu'on ne remarque que les invitations sont fausses* », s'exclama *D*.

— Ils mettront moins de temps à remarquer que la superbe fille en robe rouge n'est plus dans la salle de réception ! déclara Phileas en continuant à fouiller derrière les tableaux, entre les livres de la bibliothèque, puis sous le bureau.

Jean et *D* ne répondirent pas, réalisant qu'il avait peut-être raison, et trouvant finalement le coffre-fort derrière un faux tiroir, l'homme du club brancha dessus l'outil conçu par *Gadget* pour en deviner le code.

— Si on obtient la preuve que Sir Smith est derrière tout ça *D*, que comptez-vous faire ? lui demanda-t-il alors.

— « *Je lui rendrais personnellement une petite visite. J'ai deux mots à lui dire* », annonça la cheffe du *Service*.

— Vous êtes sûr de vouloir faire ça ? s'étonna-t-il.

— « *C'était mon amie, et je ne compte pas le laisser s'en sortir aussi impunément.* »

Phileas ne répondit rien. Il savait ce qu'était le désir de vengeance, le désir de justice, c'est bien ce qui l'avait amené à refonder le *Service*. Alors il ne pouvait décemment la blâmer pour cela.

— Quelqu'un vient ! s'affola soudain Jean.

Phileas regarda où en était le déchiffrage du code, et pesta intérieurement. Ils n'auraient pas le temps. Vite, vite…

— Ils arrivent ! s'exclama Jean.

Le lecteur termina finalement de déchiffrer le code, et afficha les numéros sur l'écran. En moins d'une seconde, Phileas les mémorisa, et débranchant l'outil, il remit tout en ordre et se redressa. S'approchant de Jean, il la porta alors pour l'assoir sur le bureau.

— Il va falloir que tu y ailles franchement Phil ! lui souffla-t-elle.

Phileas ne répondit pas, et se penchant sur elle, l'embrassa passionnément. Autant pour leur amitié, pensa-t-il.

— Qui est là ? gronda une voix dans le couloir.

Les deux amis jouèrent le jeu, Jean passant une main dans ses cheveux, enroulant ses jambes autour de ses cuisses, et lui saisissant même les fesses, et acceptant de rentrer dans le personnage, Phileas passa lui une main sous sa robe pour presser son sein gauche, caressant sa chair et son téton dressé, et de l'autre, fit un mouvement vers l'intérieur de ses cuisses, avant de finalement se raviser et de partir caresser ses fesses sous sa robe. Cela fut bizarre pour Phileas, il considérait Jean comme sa meilleure amie, presque comme la sœur qu'il n'avait jamais eue, mais toujours est-il que lorsque les gardes entrèrent dans la pièce, ils eurent l'alibi parfait.

— Qu'est-ce que vous faites ici ? s'écria l'un d'eux.

Jean et Phileas s'écartèrent surpris l'un de l'autre, embarrassés.

— Oh mon Dieu, c'est terriblement gênant ! s'exclama Jean en se recouvrant.

Ni une ni deux, elle broda l'histoire, Phileas la corrobora en jouant la comédie, faussement honteux, et *D* resta muette. On les crut avec facilité, personne n'osant douter un instant que ce qu'ils donnaient l'impression de faire était du chiqué, et on les renvoya donc simplement dans la salle de réception avec une semonce.

— *« Vous vous en êtes sortis ? »*, demanda alors *D*.

— Oui, s'exclama Phileas en descendant l'escalier avec amertume.

— *« Vous avez obtenu confirmation ? »*

— Non, mais on reviendra plus tard pour terminer le travail, lorsqu'on aura un créneau.

— *« Parfait. »*

— On reprend le contact quand la mission est terminée *D*, ajouta-t-il ensuite.

— *« Bien. J'attends votre rapport. »*

Phileas acquiesça machinalement de la tête, et coupa son oreillette. Redescendant dans la salle de réception, Jean et lui retournèrent alors vers le buffet, et tout en observant les autres convives, ils reprirent à boire pour passer le temps. Puis tandis que l'homme du club regarda finalement un peu gêné son amie, elle lui sourit.

— Tu as un peu de rouge à lèvres là, déclara-t-elle avec douceur.

Elle essuya la trace qu'elle avait déposée sur le coin de ses lèvres, et un sourire illuminant toujours son visage, elle se hissa jusqu'à son oreille.

— Je n'aurais rien dit tu sais, si tu m'avais mis un doigt, souffla-t-elle.

Phileas fut de nouveau gêné, mais ne répondit rien. Il avait une mission, et était prêt à tout pour la mener à bien, mais sur l'instant, il avait réalisé qu'il n'avait pas eu besoin de s'investir autant. Jean avait toutefois dû sentir l'hésitation de sa main et quelle avait été sa première idée. Lui adressant en tout cas son plus beau sourire, elle ne sembla pas s'en être gênée. Elle lui prit même au contraire la main avec complicité, et en attendant que les lieux se vident assez pour qu'ils puissent terminer la mission, elle l'entraîna en silence à l'extérieur. Phileas comprit le message, il n'y eut pas besoin de mots. Il ne fut pas sûr de vouloir s'aventurer sur ce terrain, mais il se laissa tout de même guider. Jean avait pris une décision.

— Juste pour cette fois, lui annonça-t-elle timidement.

Phileas acquiesça sans rien dire, acceptant le marché, et une fois à l'abri des regards, Jean l'embrassa alors avec passion, goûtant pour la seconde fois de sa vie à ces lèvres toujours si proches des siennes, mais qu'aucun d'eux n'avait jamais cherché à rapprocher… Les deux amis avaient bien grandi depuis leur première rencontre, et juste pour cette fois, ils le firent ensemble.

Samedi 31 mars 2012

Jean courut terrifiée dans la ruelle en direction du point d'évacuation pour rejoindre Phileas. Elle était poursuivie, et elle avait un mauvais pressentiment. Elle ne se préoccupa pas des cris et du bruit du van derrière elle, mais son souffle et son endurance venant réellement à manquer, elle marqua une pause pour reprendre sa respiration. Prenant quelques secondes, elle repensa alors étrangement à cette fameuse nuit, six ans plus tôt, où Phileas lui avait donné du plaisir en attendant de retrouver le collier d'émeraudes de Lady Walters. Elle ne savait pas pourquoi, mais là, tout de suite, elle eut envie d'y retourner, de retourner entre ses bras protecteurs et forts. Car Jean avait peur, elle était terrorisée. Puis elle repartit en direction de la navette qui lui permettrait de s'enfuir. Soulagée, elle pensa être sauvée en arrivant à quelques mètres des quais, quand un homme surgît soudain devant elle. Elle s'effraya à la vue de son visage, tétanisée, et d'un mouvement vif, il lui tira en plein cœur. Jean tomba au sol, morte sur le coup.

— « *Jean ?* » demanda la voix de Phileas dans son oreillette.

Un filet de sang s'écoulant d'entre ses lèvres, le regard vide fixant le ciel, Jean gisait sans vie quand l'homme du club la trouva. La prenant dans ses bras le cœur battant, Phileas pleura alors à chaudes larmes, dévasté. Il venait de perdre sa meilleure amie, une femme qu'il considérait comme une sœur qu'il n'avait jamais eue, et leur vie commune défilant devant ses yeux, il repensa aux moments qu'ils avaient passés ensemble. Il se souvint alors lui aussi tout naturellement de cette nuit, passée dans les bosquets. Jean avait voulu qu'ils se lient intimement, qu'en tant que meilleurs amis, ils se découvrent l'un l'autre dans la plus sincère expression d'eux, et il en avait été ainsi. Phileas se souvint de la douceur de sa peau, de la passion de ses baisers, et de la chaleur de son corps, et par-dessus tout, il se souvint de ses mots, gravés à jamais dans sa mémoire.

— Prends-moi avec amour Phileas, je t'aime tellement, avait-elle soufflé alors qu'il la caressait.

Phileas cria de rage, son amie morte serrée contre lui. Il était effondré. Jean et lui s'étaient toujours aimés. Pas comme deux amants, pas comme deux amoureux, mais comme deux personnes liées par une amitié unique et sincère. Ils s'aimaient d'une profonde tendresse, et elle venait de lui être arrachée.

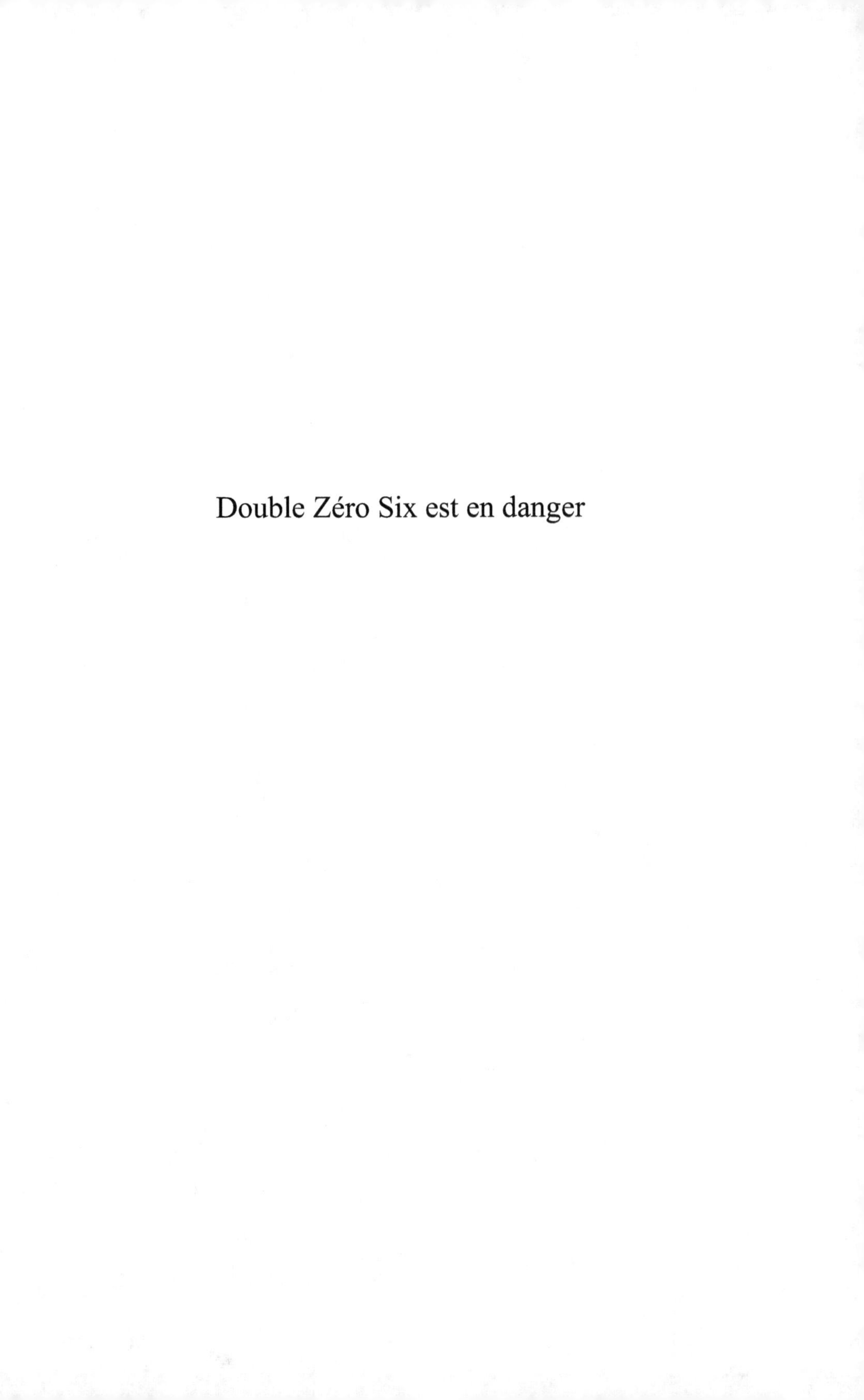

Double Zéro Six est en danger

Lundi 18 juin 2012 22h47.

Cela avait été une journée longue et éreintante. Remontant son allée, Marianne ouvrit donc la porte de la maison, soulagée d'en avoir enfin fini pour aujourd'hui, et rentra chez elle épuisée.

— Chéri, je suis rentrée, signala-t-elle sa présence.

Marianne retira ses chaussures, enleva sa veste de tailleur et l'accrocha au porte-manteau, puis se dirigea vers la cuisine. Sortant tout juste d'une rencontre officieuse qu'elle avait organisée avec un de ses anciens agents du MI5 pour savoir s'ils avaient déjà entendu parler de l'*Organisation*, là tout de suite, elle ne rêvait que d'une seule chose, un sorbet au citron. Marianne ne savait pas, elle avait soudain eu envie d'en avoir le goût en bouche, et ouvrant le congélateur, elle s'en servit une boule dans une coupe.

— On va bientôt manger chérie ! rouspéta son mari en entrant dans la pièce de la ciboulette fraîchement coupée en main.

Marianne sourit.

— Monsieur George Della, toujours à rouspéter, déclara-t-elle.

Les deux époux s'avancèrent l'un vers l'autre, et s'embrassèrent pour se dire bonjour.

— Comment s'est passée ta journée ? lui demanda-t-il.

— Elle fut longue, mais fort heureusement, elle est finie.

George Della embrassa une nouvelle fois sa femme, puis découpa sa ciboulette pour la mettre dans sa sauce.

— On mange dans une quinzaine de minutes, s'exclama-t-il.

— D'accord. Cela sent bon en tout cas, huma Marianne.

— Merci !

Marianne apprécia la sollicitude de son époux, et montant à l'étage tout en dégustant sa glace, savoura d'en avoir terminé pour la journée avec les complots et les secrets. Cela avait été particulièrement intensif. Outre la paperasse habituelle, elle avait dû gérer la mort d'un de ses agents, assigner à Double Zéro Un une mission en Afrique du Sud, envoyer Double Zéro Deux et Double Zéro Huit en Inde pour faire exploser une usine secrète d'armes chimiques, et il y avait en plus toujours cette affaire qu'avait mise en lumière Double Zéro Six. Entre ce Thanos qu'il avait tué il y a un peu plus d'un mois et ce Kristan qui lui avait filé entre les doigts ce matin, elle avait l'effroyable pressentiment que ce n'était que le sommet d'un immense iceberg de merde beaucoup trop gros pour leurs épaules. Marianne soupira en arrivant à l'étage, la plante des pieds endolorie. Bon sang, ils avaient levé le voile sur un réseau tentaculaire qui avait infiltré bon nombre de gouvernements et de sphères d'influence, et c'était une menace qui remettait tout en question. Les attaques terroristes, les crises financières, les manipulations de la bourse, tout pouvait potentiellement être lié.

— Les garçons sont là ? demanda-t-elle soudain à son mari.

— Non ! Ils sont sortis ! s'exclama son mari.

Marianne acquiesça machinalement de la tête, termina sa glace, et entrant dans sa chambre, s'installa à sa coiffeuse pour se démaquiller. Elle repensa alors soudain à cette Reine, cette Adélaïde. Dans une moindre mesure, c'était une autre épine dans son pied. Phileas Queneau était amoureux, et autant elle était heureuse pour lui et cela permettrait à Wanda d'avoir une figure maternelle, autant la concernant, cela posait problème. S'il était intelligent, Queneau quitterait en effet le *Service*, et elle perdrait alors un excellent atout. Car elle avait beau dire, elle avait beau constamment le tacler, son Club des Damnés leur amenait beaucoup d'informations et ses capacités propres en faisaient un élément non négligeable pour la section Double Zéro. Elle savait à quel point il lui était nécessaire.

Marianne termina de se démaquiller, constatant dans le miroir les effets du temps sur son visage, et regretta l'époque de sa jeunesse. Tout était plus simple alors, les ennemis étaient clairs et définis, il y avait moins d'ambiguïté… En acceptant de diriger le *Service*, elle avait découvert que le monde était bien plus vaste et corrompu que depuis sa fenêtre du MI5. Et puis cela l'avait amenée à déménager en France et bien que son mari ait accepté de la suivre, ce n'était pas évident. Elle le voyait de moins en moins.

— Chéric ? Il y a un appel pour toi ! s'exclama justement son époux dans l'escalier.

— Je le prends en haut ! répondit Marianne.

La cheffe du *Service* se leva de son fauteuil, et se rendant jusqu'à sa table de chevet, décrocha le combiné du téléphone.

— Allo ? demanda-t-elle simplement.

— « *On a tiré sur l'agent Queneau chez lui madame. Il a été transporté à l'hôpital* », s'exclama Daniels.

Marianne ferma les yeux en soupirant. *Bon Dieu, non.*

— Bien, venez me chercher, déclara-t-elle.

Marianne raccrocha, épuisée mais inquiète pour son agent. Puis elle regarda vers la porte de la chambre avec amertume. Ce n'était pas ce soir qu'elle passerait du temps avec son mari.

Dix minutes plus tard.

— Il a écrit Kristan sur le sol avec son sang et a appelé la police en urgence avant de perdre connaissance, s'exclama Daniels, c'est son ami Darignac qui nous a prévenus quand il a eu l'information.

— Et la fille ? demanda *D*. Adélaïde ? Elle était là ? Elle est au courant ? Et concernant Alfred et Wanda?

— La fille n'était pas là, mais elle sait, elle est à l'hôpital avec l'agent Italius. Monsieur Collenly n'est pas au courant encore, ni l'enfant.

— On a un pronostic vital ? s'inquiéta *D*.

Billy Daniels pianota sur son ordinateur, et attendit une réponse.

— Il est sorti du bloc mais on n'en sait pas beaucoup plus, il faudra qu'il se réveille, annonça-t-il. Mais à priori la balle n'a fait qu'effleurer son cœur.

D acquiesça de la tête en regardant la ville défiler par la fenêtre de la voiture, songeuse. Elle repensa au délicieux repas qu'avait préparé George. Encore une fois son mariage faisait les frais de son travail… Mais la vie de Queneau était trop précieuse. Sans compter qu'elle avait déjà perdu un agent aujourd'hui, et qu'elle ne voulait pas en perdre un autre. Puis elle saisit son téléphone portable pour appeler elle-même Alfred. Elle devait essayer de le joindre, il s'agissait de son fils. Hélas, le Cavalier ne répondit pas, et ne sachant que faire, *D* se demanda si elle devait elle joindre Wanda pour lui dire. Bon sang, elle espérait qu'il ne mourrait pas. Alfred et Wanda seraient détruits par son décès, et elle aussi. Elle perdrait non seulement son meilleur agent mais également aussi un ami de confiance. Elle ne le lui dirait jamais, mais elle l'appréciait beaucoup. Phileas Queneau était de ces personnes en qui on pouvait avoir confiance, et surtout qui serait toujours là pour vous.

— Madame ? s'exclama soudain Daniels. La fille quitte l'hôpital.

— Quoi ? s'étonna presque furieuse *D* en revenant à la réalité.

Billy reçut un appel sur son téléphone, regarda sur l'écran qui en était l'auteur, et répondit immédiatement.

— Allo ? Oui ? demanda-t-il. …Quoi ? Elle était dans la chambre avec l'agent Italius ?

Daniels regarda sa cheffe, interrogateur.

— Est-ce qu'ils doivent la suivre ? l'interrogea-t-il.

— Évidemment ! s'exclama *D*. S'il lui arrive quelque chose Queneau sera intenable !

— Bien, oui, répondit Daniels au téléphone. Tenez-moi informé !

Puis il raccrocha et regarda son écran d'ordinateur.

— Alors ? demanda *D*.

— Ils la suivent en voiture, mais l'agent Italius a reçu une information sur son téléphone, envoyée depuis notre Q.G. Il se pourrait qu'il la lui ait transmise.

— Oh il va m'entendre celui-là ! s'exclama *D*.

Daniels regarda les informations qu'il recevait sur son ordinateur.

— Alors ? demanda-t-elle affolée.

— Elle se dirige vers l'Est, répondit-il. On ne sait pas encore quelle information a été envoyée à l'agent Italius.

D acquiesça, à cran. Double Zéro Neuf avait été assassiné d'une balle dans la tête un peu plus tôt dans la journée et elle ne voulait vraiment pas perdre un autre agent, surtout pas celui qui signait les chèques...

— Elle vient d'arriver chez l'agent Queneau, annonça Daniels à sa cheffe.

— Qu'ils la laissent agir, qu'ils s'assurent juste de sa sécurité, déclara cette dernière.

Daniels hocha la tête et transmit l'ordre. Tandis qu'ils se dirigeaient toujours vers l'hôpital, *D* se demanda toutefois bien ce qu'elle comptait faire. Était-elle simplement venue dormir dans le lit de son amant pour ressentir une connexion avec lui ? Était-elle passée lui prendre des affaires pour quand il sortirait du coma ?

— Elle vient de ressortir de chez l'agent Queneau, elle repart avec son Aston Martin, s'exclama Daniels… Elle va au Nord maintenant.

D s'interrogea, surprise, en regardant son assistant. *À quel jeu jouait-elle ?* La cheffe du *Service* se le demandait vraiment, quand elle réalisa soudain quelles étaient les intentions de la fille.

— Bon Dieu, cette petite idiote va faire une bêtise ! s'effara-t-elle. Chauffeur ! Vite ! Au Hilton !

— Que…

— Prévenez notre sniper ! Qu'il surveille la chambre de Kristan, qu'il se tienne prêt mais ne tire que sur mon ordre ! La fille risque d'y être.

— Vous pensez que… ?

— Bordel ! On attendait son retour ! C'est ça l'information que l'agent Italius lui a transmise ! Il lui a donné son adresse ! Nom de Dieu il va vraiment m'entendre celui-là !

*

Une douzaine de minutes plus tard, la voiture se gara en hâte devant l'hôtel, et *D* en sortie accompagnée de quatre hommes arrivés en même temps qu'elle. Se précipitant dans le hall d'entrée, elle vit alors la jeune femme sortir d'un des ascenseurs. Son imperméable fermé sur elle, les mains dans les poches, elle semblait calme et sereine. Marianne devina instinctivement ce qu'elle avait fait. Elle n'avait pas besoin de la confirmation de son sniper pour savoir que Kristan et son garde du corps étaient morts. Cela se voyait dans son allure, la jeune femme venait de venger son petit ami.

— Encerclez-là, ordonna-t-elle discrètement mais fermement.

Ses agents acquiescèrent et se dirigeant vers la fille, lui coupèrent toute retraite. *D* la regarda alors et réfléchit rapidement. Ils étaient en guerre, une guerre de l'ombre, elle avait besoin de monde et surtout, il fallait qu'elle garde un œil sur cette femme. Et elle venait de tuer de sang-froid, deux fois. La question ne se posait donc même pas, ce serait ça ou la prison.

— Bienvenue, Double Zéro Neuf, lâcha t elle donc à son encontre, scellant son destin.

Adélaïde

24 juin 2017

Chloé arriva chez Adélaïde, et après avoir pris une grande inspiration, sonna à la porte d'entrée. Mais son amie ne répondit pas. Elle n'entendit pas non plus ses pas s'approcher. Alors elle sonna une nouvelle fois, puis encore une autre fois. Inquiète, elle appuya alors sur la clenche et constata que la porte était ouverte.

Chloé entra, inquiète, et chercha Adélaïde dans l'appartement. Assise au sol contre le mur, elle la trouva dans sa chambre, hébétée, le maquillage coulant sur ses joues, les yeux rouges d'avoir trop pleuré, et une mallette et des bouteilles d'alcool vides jonchant le sol autour d'elle.

— Bon sang Adélaïde…

Chloé se précipita auprès de son amie et voulut la prendre dans ses bras pour la soutenir et l'aider à se lever. Mais la jeune veuve la repoussa.

— Laisse-moi ! s'exclama-t-elle.

Chloé fut immédiatement blessée par son ton et son dédain, et se recula pour s'assoir sur le bord du lit.

— Je… je suis désolée de ne pas avoir été là pour te soutenir, s'excusa alors la jeune femme. De ne pas avoir été là quand il le fallait.

Adélaïde leva les yeux vers son amie, et lui jeta un regard plein de colère. Puis abattue, démoralisée, elle regarda face à elle, les yeux dans le vide.

— Je fais régulièrement ce rêve… souffla-t-elle. Je suis dans un avion, j'affronte Dru, et d'un coup de pied dans la poitrine il me projette en dehors de l'habitacle par la porte ouverte.

Adélaïde pleura de nouveau.

— Je tombe simplement dans le vide, paniquée, réalisant que je vais mourir, que ce n'est qu'une question de minutes avant que je ne m'écrase au sol. Je vois l'avion s'éloigner, je sens le vent sur moi, j'ai du mal à maintenir les yeux ouverts, je me sens tomber et je vois les maisons au loin grandir. Je sais que je vais mourir, et pendant quelques minutes je dois accepter cela, accepter que cela ne pourra se finir que comme ça. Et à chaque fois je vois soudain Phileas arriver près de moi. Je réalise qu'il a sauté de l'avion sans réfléchir avec un parachute et que sans se poser la question, il s'approche de moi pour me le donner afin que je survive. Je le vois me regarder, confiant, heureux que je puisse m'en sortir, et je le vois tomber, acceptant sans regret de se sacrifier pour moi.

Adélaïde mit la tête entre les mains, accablée par la douleur.

— Phileas aurait tout fait pour que je survive, il aurait tout fait pour moi et moi je l'ai abandonnée alors qu'il en avait le plus besoin, je m'en veux Chloé, j'ai causé la mort de l'homme que j'aime…

Adélaïde sanglota à chaudes larmes.

— Tu ne peux pas t'en vouloir Adélaïde… essaya de la soutenir Chloé. Tu n'y pouvais rien, tu n'aurais pas pu savoir.

— Chloé ! Bon sang ! s'écria Adélaïde. Phileas est mort, parce que sa tête valait dix milliards d'euros ! Aux dernières nouvelles, plus de cent mille personnes s'étaient mises à sa recherche, et rien qu'au *Service* on a constaté près de quatre mille morts dans le monde ! Quatre mille individus ont été tués parce qu'ils ressemblaient physiquement à Phileas !

— Oui mais tu n'es pas responsable de ça ! essaya de la déculpabiliser la Reine d'Or.

— C'était mon mari, j'aurais dû être là ! s'indigna Adélaïde.

— Pour faire quoi ? déclara Chloé. Assister avec les enfants à sa mort ? Tu sais qu'il l'aurait refusé !

— J'aurais dû être là, pour qu'il ne soit pas seul !

Adélaïde pleura encore, et Chloé baissa les yeux.

Cela faisait une semaine que Phileas avait été enterré.

Décision

Chloé coupa le contact, silencieuse, et sortit de la voiture. Calmement, un bouquet de roses en main, elle se dirigea alors vers le portail de l'autre côté de la route, et entra dans le cimetière. Triste, elle se rendit alors sur la tombe de Jean, et déposa son bouquet sur la dalle.

— Salut Jean. Cela fait longtemps que je ne suis pas venue, déclara-t-elle. Tu m'as manqué tu sais…

Chloé souffla, amère, et s'assit sur la dalle.

— Dernièrement j'ai repensé au moment où j'ai rejoint le club et à tout ce qui a changé depuis… et… et…

La Reine d'Or se mit à pleurer.

— Phileas est mort Jean, il a été tué il y a deux semaines, annonça-t-elle effondrée. On est tous sous le choc, Adélaïde est abattue, tu la verrais, elle est totalement anéantie et pleure tout le temps… et je crois qu'elle se drogue, je crois qu'elle prend de la cocaïne pour tenir… Bon sang, il nous manque tellement à tous…

Chloé mit la tête entre les mains, totalement dépassée par les événements.

— J'aurais aimé que tu sois là Jean, que tu nous soutiennes, que tu nous guides, que tu nous apportes ton aide ! Bon sang, sans toi ni Phileas, on est tous perdus !

Chloé essuya finalement ses yeux, tâchant de se reprendre.

— En tout cas j'espère que vous êtes ensemble, avec Phileas, Édouard, George, Pâris, Eugénie et les autres… J'espère que vous veillez les uns sur les autres. Je ne crois pas en Dieu et au paradis, mais j'espère que c'est le cas Jean, qu'au moins dans la mort vous êtes tous réunis.

Chloé se retourna vers la pierre tombale, déposa avec sa main un bisou sur la photo de Jean, et se leva. Puis elle

repartit à sa voiture, saisit son téléphone dans sa poche, et
appela Camilla.

— « *Allo ?* », répondit celle-ci.

— Salut Camilla, c'est Chloé. Juste pour te dire que j'ai
pris une décision, et avec ou sans toi, je vais chez Adélaïde,
et je vais lui dire ce qu'il se passe. Il est temps qu'on
assume !

Léopold O'Clock et Londres en péril

1

Des semaines plus tôt.

Miss Deglow se leva précipitamment de son siège pour se rendre aux toilettes. Mr. O'Clock et Mr. Coben firent alors comme si de rien n'était, et s'accommodèrent des bruits disgracieux, préférant en rester là sur leur conversation.

— Elle a des étourdissements et vomit régulièrement. Serait-elle enceinte ? demanda Mr. O'Clock.

— Elle en a tout l'air, confirma Mr. Coben.

Mr. O'Clock expira un grand coup, dubitatif.

— Il va falloir la protéger, d'elle-même surtout. Elle devrait arrêter de participer aux enquêtes.

— Vous connaissez Miss Deglow, on n'arrivera pas à la persuader d'arrêter de travailler. Elle ne supporte pas de rester assise à ne rien faire, s'exclama Mr. Coben en sortant sa pipe. Puis-je ?

— Oui, allez-y. Avez-vous une idée de qui est le père ? demanda Mr. O'Clock.

— Aucune. Le seul homme pour qui ses yeux brillaient, et qu'elle admirait vraiment, c'était votre frère, annonça Mr. Coben en allumant puis tirant sur sa pipe. Mais peut-être a-t-elle quelqu'un dans sa vie ?

— Nous l'aurions deviné si elle voyait quelqu'un… En tout cas elle doit être déçue de me voir. Cela doit lui être douloureux.

— Il y a de cela, avoua Sir Coben. Avec tout le respect que je vous dois, je dois dire qu'elle est plus souvent furieuse de vos manières que flattée d'être votre associée.

— Il n'y a pas de mal. Le chemin de la comparaison avec mon défunt frère est facile à suivre. Je suis loin d'avoir ses manières. Il était posé et calme, je suis désordonné et frénétique.

— C'est cela même, monsieur.

Les deux hommes marquèrent une pause, un peu mal à l'aise. Ils n'étaient pas très proches, c'était donc normal que leur discussion s'essouffle. Ils n'avaient plus rien à se dire. Cet entretien était d'ailleurs l'un des plus longs qu'ils aient eus ; Mr. O'Clock avait un peu de mal à se faire une place en cette demeure où le souvenir de Phileas était tenace dans les mémoires, et Mr. Coben tout comme Miss Deglow, bien qu'il le respectait, était mal à l'aise en sa présence. Car vivre avec le visage d'un mort, vivre avec une personne identique à un ami, alors qu'il s'agit d'un inconnu, ce n'était pas chose facile.

— Bien, en tout cas nous ferons comme si nous ne savions pas, pour la forme, reprit Mr. O'Clock lorsque les vomissements de la demoiselle troublèrent de nouveau le silence.

— En effet. Nous sommes des déducteurs, elle se doute que nous le savons, mais je la connais assez pour savoir qu'elle préférera taire cela.

— Alors c'est entendu, nous garderons le secret jusqu'à ce qu'elle se décide à assumer son devoir de future mère.

— Amen ! fit Mr. Coben en levant sa pipe.

— Amen ! reprit Mr. O'Clock amusé en levant son verre de Gin avant d'en boire une gorgée.

5 mars 1903

Léopold se réveilla en pleine nuit, agité par un rêve étrange, le souvenir d'une conversation qu'il eut des mois en arrière avec Thomas, alors qu'il n'était là que depuis quelque temps. Il se rallongea donc pour essayer de s'endormir, et réfléchit à l'avenir. Sally était enceinte de cinq mois à peu près maintenant, et bien qu'elle taisait son nom, ils savaient que Phileas en était le père. Son enfant serait donc l'héritier de leur lignée, et qu'elle le veuille ou non, il hériterait des biens qui restaient dans la famille. Il n'en avait pas encore parlé avec elle, mais il comptait également lui léguer tous ses biens à lui aussi lorsqu'il viendrait à mourir. Léopold n'aurait pas l'opportunité d'avoir des enfants, alors il transmettrait tout à l'enfant de son frère et à Sally. Ce n'était que justice.

2

Le lendemain.

— Monsieur Léopold, il y a un gros colis pour vous ! s'exclama Sally.

La jeune femme attendit que le dernier des O'Clock arrive, et se surprit grandement en entendant des pas sourds descendre les escaliers. Comme un enfant qui fonçait vers la confiserie, le détective arriva alors en hâte, excité au possible, un pied-de-biche en main. Puis arrivant à côté de la caisse, il posa frénétique son oreille contre le bois.

— Achille ? demanda-t-il.

En guise de réponse, un puissant rugissement retentit de l'intérieur de la boite, effrayant Sally et les livreurs. Mais fou de joie, Léopold lui sourit. Dégainant son pied-de-biche, il commença donc à retirer la planche condamnant la porte.

— Mon dieu, mais qu'avez-vous commandé ? s'affola Sally.

Léopold ne répondit pas, et arrivant à ouvrir le conteneur, un lion blanc presque adulte en sortit pour lui sauter dessus.

— Oh oui, c'est un bon chat ça ! s'exclama immédiatement le détective.

Sally et les livreurs s'écartèrent, affolés.

— Alors mon vieil ami ? Le voyage n'était pas trop long ? Basile t'a bien nourri sur le bateau ?

L'animal lécha son maître tel un chien heureux de le revoir, et Léopold le gratta derrière l'oreille.

— Mon dieu, mais vous êtes fou ! déclara paniquée Sally.

— Sally, voici mon animal de compagnie ! annonça Léopold. Il est très affectueux !

— Mais c'est un lion ! s'effraya la jeune femme.

— Et en plus je peux vous assurer que les voleurs, les incendiaires et les assassins ne rentreront pas dans la maison ! Plus personne n'entrera !

Léopold joua encore quelques instants avec son félin, puis se relevant, remercia les livreurs.

— N'ayez crainte, il a été nourri et il est inoffensif. Achille, assis !

Le lion s'assit, et Léopold sourit, les mains dans les poches. Peu rassurés pour autant, les livreurs partirent hâtivement, et refermant derrière eux, le détective se tourna vers Achille.

— Tu as envie de te dépenser ? Le terrain est immense, et il y a même du gibier !

3

— Il est à qui ce gros chat ? Il est à qui ce gros chat ? s'amusa Léopold avec son lion.

— Ce n'est pas vous qui vous moquiez de l'affection que portait Lady Alistair pour son animal ? s'étonna Sally.

— Ce n'est pas pareil, je ne l'ai pas couché sur mon testament ni n'ai fait faire un tableau de lui !

— N'allez-vous pas pleurer le jour de sa mort ? demanda Thomas.

Léopold tourna la tête vers son ami, choqué.

— Il ne mourra pas ! Il ne mourra jamais ! Ce lion est immortel !

— C'est du déni, répondit Thomas.

— Chut !

Thomas et Sally regardèrent le dernier des O'Clock jouer avec son lion sur le tapis du grand salon, et ne surent quoi penser. Son attitude était ridicule.

— Où en est la police concernant les meurtres qui agitent la ville ? demanda cependant et avec sérieux le détective.

— Ils n'ont toujours pas demandé notre aide, s'exclama Thomas.

— Combien de morts leur faudra-t-il ? s'indigna Sally.

Léopold soupira tout en continuant de jouer avec son lion. Ils avaient essayé d'enquêter, mais on avait refusé leur aide. Ils se devaient donc d'attendre.

4

Une semaine plus tard.

— Alors ? demanda Thomas.

Sally retira les jumelles de ses yeux, et fixa la maison au loin.

— Ils sont trois à l'intérieur. Et monsieur Léopold aussi, attaché à une chaise.

Thomas acquiesça, et chargea son fusil.

— Quel bêta ce Léopold.

— Vous ne me le faites pas dire, répondit la jeune femme.

Leur aide avait finalement été sollicitée par la police, pour la sûreté de Londres et de ses habitants. Enquêtant immédiatement, le trio de détectives avait alors en quelques jours découvert que la série de meurtres sanglants qui entachait la ville depuis plusieurs semaines n'était en réalité qu'une façade pour détourner l'attention d'un plan diabolique, l'assassinat du Roi Édouard VII. La police mobilisée en ville pour protéger les riverains, l'objectif était ainsi de minimiser les renforts possibles lors du massacre de la garde royale et de la prise d'assaut de Buckingham Palace. Mais Léopold O'Clock avait deviné ce qu'il se tramait et il avait enfermé dans leur bateau les plus de trois cents hommes prêts à mener l'attaque. Muni de sa canne révolutionnaire, il était alors parti provoquer en duel en leur demeure les quatre auteurs du complot. Mais il avait été attendu, et était désormais prisonnier.

180

— Celui-là, je vous jure, s'exclama Sally, il ne perd rien pour attendre. *« Restez là Sally, je n'ai pas besoin de votre aide, ménagez-vous ! »* l'imita-t-elle.

La jeune femme sortit de son sac le porte-visée que monsieur Léopold lui avait construit, et l'installa devant elle. C'était tout bête, il s'agissait d'un simple trépied réglable en hauteur et dont le sommet avait la forme d'un Y afin de pouvoir y poser le canon de son arme et viser correctement, mais avec son ventre qui grossissait, cela lui serait plus que pratique pour faire feu. Puis, son fusil en main, se tenant prête, Sally regarda Thomas s'en aller vers la maison pour délivrer leur ami. Dès qu'il fut entré dans la bâtisse, elle posa alors le canon de son fusil entre les deux barres supérieures de l'Y, et visant l'un des deux hommes visibles par la fenêtre, tira une seule balle. Elle fit mouche, tuant instantanément le brigand, et profitant de l'anarchie qu'elle venait de provoquer, Léopold se détacha par elle ne savait quelle astuce et attrapant sa canne, frappa l'autre individu au cou avant d'en désolidariser le pommeau, puis de lui trancher la gorge. Sally regardant dans ses jumelles, elle vit alors Thomas arriver et tuer le troisième gredin. Monsieur Léopold était sauvé.

5

Dix minutes plus tard.
Léopold était fatigué. La semaine avait été éreintante, et il était à bout. Mais c'est paniqué et la bouche en sang qu'il regarda l'homme serrer ses doigts sur le cou de Sally et la

menacer de son revolver. Il jeta donc son arme à terre dans la pénombre de la nuit, acceptant la défaite.

— Bien, bonne idée, s'exclama le quatrième comploteur un sourire aux lèvres.

Léopold fixa Thomas, et l'incita à faire de même pour la propre sécurité de leur amie. L'ancien brigadier au chapeau melon et à la grosse moustache se résigna donc avec amertume, et jeta son fusil aux pieds du brigand.

— Bon sang, non ! pleura Sally.

Léopold regarda la jeune femme dans les yeux. Une arme pointée sur la tempe, elle avait peur, et elle avait mal.

— Par pitié, laissez-lui la vie, tuez-nous à la place, s'exclama Thomas en levant les mains.

— Mais c'est bien mon intention ! rétorqua l'individu en tirant le chien de son revolver.

Léopold serra imperceptiblement mais fermement sa canne de sa main valide, et se tenant prêt, regarda sa secrétaire.

— Sally, très chère, fermez les yeux, je ne veux pas que vous assistiez à ça.

La jeune femme croisa les yeux de son ami, émue et terrifiée. Elle sentit la mort arriver. Puis obéissante, elle ferma les yeux et baissa la tête.

Un coup de feu partit alors, et l'homme qui menaçait sa vie tomba au sol. Regardant incrédule la scène, elle vit Monsieur Léopold en colère, la canne tendue, l'extrémité fumante.

— On ne menace pas Sally, déclara-t-il juste.

6

Le lendemain.

Sarah Mulligan descendit avec ses sœurs de la charrue, et saisissant les colis de viande, elles les apportèrent à l'intérieur dans la cuisine.

— Voilà monsieur O'Clock, cent-dix livres de viande et de carcasse pour la semaine, annonça-t-elle une fois toute la livraison déposée. Ce sont toutes nos chutes, plus quelques beaux morceaux pour votre lion et vous trois

_Merci Sarah !

Léopold sourit à la jeune femme, et le bras en écharpe, jeta un morceau à Achille, et concéda à en jeter un pour Hector.

— Merci bien mesdemoiselles ! salua-t-il alors également Megan et Caroline.

— De rien, répondit Sarah, c'est avec plaisir, vous avez sauvé la ville et le Roi !

_Et nous vous serons toujours reconnaissantes !

Les trois jeunes femmes esquissèrent toutes les trois un magnifique sourire au détective, puis tandis qu'elles repartirent, le dernier des O'Clock s'installa dans son fauteuil au salon, totalement épuisé. Se laissant gagner par l'amertume et la culpabilité, il regarda alors dans le vide avec remords. Les hommes qu'il poursuivait avaient trompé sa vigilance, et au bout du compte, Sally s'était retrouvée en grand danger. C'était quelque chose qu'il ne pouvait supporter. Et sans la canne révolutionnaire de son père, jamais il n'aurait pu gagner cette bataille.

Le détective plaça l'objet providentiel devant ses yeux, et le fixa dubitatif. *Merci à toi papa, tu m'as bien aidé sur ce coup-là*, pensa-t-il alors.

Fronçant les sourcils en entendant du bruit, Léopold se leva et partit voir ce qu'il se passait à l'étage. Avec joie, il découvrit alors que Sally aménageait la chambre de son futur enfant. C'était simple et beau.

Perdu dans le temps

Adélaïde se mut, nue, la peau parcourue par une chair de poule. Prenant appui sur le torse de l'homme sur lequel elle était installée, elle déplaça son bassin pour maximiser sa pénétration. Puis le second homme à genoux à ses côtés saisit son sein gauche, et le pressa fermement, jouant avec son téton dur et ferme. Elle se tourna vers lui pour l'embrasser, avant de regarder vers le troisième homme, à sa droite, qui tendit sa verge face à son visage. Adélaïde le prit en bouche, et fit des va-et-vient avec ses lèvres tout du long. Puis alors qu'elle en lécha le gland, elle reçut sa semence en bouche. Adélaïde l'avala sans sourciller, et reposant ses deux mains sur le torse de son pourfendeur, accéléra le mouvement pour qu'il se lâche enfin. Elle eut un orgasme quand il partit en elle, et embrassa avec plaisir l'homme qui jouait avec ses seins. Puis tandis qu'elle se retira pour nettoyer et prodiguer une fellation aux deux amants qu'elle avait déjà fait jouir, le troisième la prit entre les fesses. Adélaïde fut souillée une troisième fois, et aux anges, partit se nettoyer pour qu'ils la reprennent une nouvelle fois. Tournant sur les trois hommes rencontrés dans un bar, elle passa la nuit ainsi, à leur faire des fellations, à être continuellement pénétrée et pelotée comme une prostituée. Puis après cinq heures de sexe, le vagin et les fesses endoloris, elle les raccompagna à la porte. Désormais seule, les enfants chez ses parents, elle partit à la cuisine se servir un verre de vodka, et le descendit d'une traite. Elle prit ensuite une douche pour se nettoyer, et après s'être essuyée, elle enfila son peignoir de nuit en soie. Prenant la bouteille de vodka avec elle, Adélaïde se rendit alors avec tristesse dans le bureau de Phileas, et soupirant, but plusieurs gorgées d'alcool au goulot pour se donner du courage. Avec amertume, elle se décida finalement à se débarrasser de ses affaires. Prenant un carton, elle commença à réunir les papiers sur son bureau pour les y ranger, quand après quelques minutes de tri, elle tomba sur une feuille volante écrite recto verso, un projet de nouvelle rédigée par Phileas. Affectée, émue, elle s'installa dans son fauteuil pour la lire.

« Martin Pond était un homme charmant vivant avec sa femme Suzanne dans la maison familiale de cette dernière. Heureux l'un avec l'autre, ils vivaient une complicité et une complémentarité sans équivoque. Un soir alors qu'ils repeignaient avec entrain le salon, elle décida avec humour qu'ils n'avaient pas besoin de portes. Ils étaient chez eux, ils étaient heureux, alors il n'en avait pas besoin. À compter de ce jour, il n'y en aurait plus aucune, il n'y aurait plus aucune barrière entre eux. Une à une ils retirèrent donc toutes les portes de leur demeure, celles des salons, celles de la cuisine, celles de la salle de bain, celles de la cave... Ils ne laissèrent plus aucune porte chez eux.
Martin est un scientifique qui travaille sur l'espace-temps et la mécanique quantique. Se réveillant quelques semaines plus tard en pleine nuit, il eut soudain une idée révolutionnaire. Il avait trouvé comment résoudre le problème des voyages temporels, et commença immédiatement à imaginer comment créer une machine à voyager dans le temps en utilisant les dimensions des cordes. [Expliquer selon la théorie d'Einstein et peaufiner d'après la théorie des cordes et l'idée de faire passer dans une autre réalité, celle d'une corde, la matière pour que le voyage soit dénué de masse, et d'accélérer ou décélérer la machine en agissant sur la gravité]. Se mettant à l'œuvre, il

mit ainsi trois ans à concevoir la machine [expliquer les étapes de la création], délaissant même quelque peu sa femme. [Développer sa réflexion : les diverses théories de voyages dans le temps et de ce qui peut se produire : se tuer soi-même par accident, créer des paradoxes... on doit voir qu'il se pose toutes les questions sur ce qu'il risque de faire, de modifier le présent ou le futur, d'intervenir et de risquer d'empêcher sa propre naissance, et même de ne pas pouvoir modifier le passé. → notamment avec l'idée qu'il ne pourrait par exemple pas le faire si l'événement qu'il modifierait pouvait d'une quelconque manière que ce soit amener à ce qu'il ne construise pas la machine : paradoxe de la boucle. Il réfléchit aussi au fait qu'il risquerait de déchirer le tissu même du continuum espace-temps.] Il décida par ailleurs de fixer sa machine à un endroit sur le sol de la cave, où il n'était jamais allé auparavant, et en mur une partie de l'accès, afin qu'elle soit cachée et qu'elle ne puisse jamais entrer en collision avec quelque chose qui pourrait être entreposé là. Sa femme fut étonnée de le voir scinder la cave en deux mais ne dit rien, heureuse de le voir si excité, si motivé par son idée, même si cela impliquait qu'il la délaissa. Mais Martin était perdu dans ses pensées, dans sa création. Il décida d'ailleurs à ce moment-là, d'après un problème majeur du voyage dans le temps, de ne faire des voyages temporels que par sauts d'une année exactement. En effet le voyage dans le temps ne se faisant que dans le temps et pas dans l'espace, à moins de faire des sauts d'un an, ou à moins d'être dans l'espace sur une station fixe, il risquerait de se retrouver dans le vide sidéral vu que la terre tourne autour du soleil. Dans le but d'éviter la majeure partie de ces problèmes, il décida également de se raser la tête au moment où sa machine serait achevée pour être méconnaissable par ses proches et lui-même dans le passé ou le futur, et de se revêtir d'une combinaison noire intégrale pour être un peu plus passe partout. Sa machine presque prête, il s'arrangea pour tout finir pour une date anniversaire, celle des dix ans de sa rencontre avec sa femme alors qu'ils étaient à la faculté. Se faisant, il délaissa toutefois encore un peu plus Suzanne, mais promit auprès d'elle de se rattraper.

Puis la machine fut presque achevée, et la veille de son départ, la veille du grand jour, en allant se coucher auprès de sa femme déjà endormie, il fit un cauchemar :

Dans son rêve, il se vit terminer la machine, et voyager dans le passé. Ne pouvant résister, il favorisa sa rencontre avec son grand amour et modifia légèrement les choses pour qu'ils soient ensemble plus tôt. De retour chez lui à son époque, il découvrit toutefois avec stupeur qu'il y était déjà. Il se rendit compte qu'il avait alors créé une réalité parallèle, où certes il vivait heureux, mais où il n'avait pas sa place.

Horrifié de s'être exclu de l'espace-temps, il voulut alors retourner dans le passé pour s'empêcher d'avancer leur rencontre, sa vie n'étant pas si moche que ça tout compte fait, mais même en faisant cela, en rentrant de nouveau chez lui, il constata qu'encore une fois, il y était déjà... Le malheureux ne pouvait plus rentrer chez lui, il n'avait plus de place. Condamné à errer seul dans le temps, il était désœuvré. Martin décida alors, dépité, de remonter encore plus loin en arrière pour s'empêcher d'imaginer les plans de sa machine. Malheureusement, une fois encore il avait changé les choses, et de retour à son époque, l'histoire avait encore changé et il était devenu un milliardaire arrogant qui tenta de le faire tuer, persuadé qu'il voulait prendre sa place... Le voyageur temporel créa au final tellement de réalités parallèles en tentant de rétablir sa ligne d'origine qu'il n'arriva pas à rentrer chez lui... C'était évident, par effet papillon, toute son histoire s'étant modifiée à partir d'un seul changement, ses interactions avec sa vie et sa présence dans le passé, il avait exclu la version de lui-même de la réalité, car elle n'était plus exacte. Il essaya bien de s'empêcher de modifier le passé, il essaya tout... Mais à chaque fois, il ne fit qu'empirer les choses. Dans une des nouvelles lignes temporelles qu'il créa ainsi, il n'eut plus de femme mais était riche, dans une autre elle était morte, dans une autre il était lui mort, et dans une autre encore, Suzanne se mariait avec quelqu'un d'autre... En une après-midi Martin avait détruit sa vie à cause d'une géniale invention, la machine à voyager dans le temps.

Le lendemain, lorsque Martin se réveilla, il fut toutefois confiant. Il ne comptait pas modifier le passé, juste l'observer, alors il n'avait rien à craindre. Prétextant que les lois de la physique selon lesquelles rien ne se perd et rien ne se crée ne pourraient le dédoubler, il rationalisa. La conservation de la matière est un fait indéniable, comme l'ont dit Lavoisier et Anaxagore de Clazomènes.

Lorsque Martin eut enfin réussi à concevoir sa machine à explorer le temps, il décida donc selon ses plans de voyager dans le passé. La machine créa la bulle autour d'elle, qui s'enfonça dans le sol, probablement sous les lattes de bois dans le béton, le métal des fondations, et enfin dans la terre, et il se retrouva enveloppé d'une sorte de champ de transi temporel. Le voyage se faisant, il vit alors au travers le champ de transi le temps changer. Alors qu'il s'imaginait se voir en accéléré et sous le clignotement sporadique de l'ampoule construire la machine, amener les outils, démonter le mur, dessiner ses plans à l'envers, puis se voir venir à la cave, et enfin la voir vide quasiment sans aucune lumière pendant sept ans, il vit au contraire bien la terre se décaler au fur et à mesure de son voyage pour s'éloigner de lui et rebrousser chemin dans le système solaire. Avec émerveillement il vit alors l'espace infini de l'univers, assista aux rotations de la terre et de la lune en accéléré, admira le soleil dans toute sa splendeur au loin, puis vit la terre revenir, lui passer au travers et ainsi de suite dix fois de suite, toujours sous le merveilleux scintillement du soleil. Incroyablement euphorique et fasciné, il fut heureux au possible, aux anges de voir qu'il avait réussi... Il avait voyagé de dix ans pile en arrière. Ne pouvant résister, il remonta alors discrètement assister au premier baiser échangé avec sa femme dans le salon, puis voyagea un an plus tard au moment où il lui avait finalement dit qu'il l'aimait — il monta à l'étage et s'entendit à travers la porte le prononcer exactement comme dans son souvenir. Avec nostalgie, il réalisa qu'il adorerait pouvoir à nouveau assister à leur mariage mais il ne pouvait pas, celui-ci s'étant passé en juillet (il effectuait le voyage en janvier). Mais en tout cas Martin était heureux et cria de joie dans sa machine. Toujours aussi excité, il décida alors d'aller dans le futur voir si cinq ans plus tard il aurait des enfants. Il y voyagea donc, et fut heureux de voir sa femme jouant dans le salon avec deux jeunes enfants, qu'il trouvait tout bonnement magnifiques. Mais il eut rapidement l'horreur de voir un autre homme arriver, et d'entendre les enfants l'appeler papa. Martin fut effrayé de voir que Suzanne avait refait sa vie et eut le cœur brisé. Il se demanda où il était et pourquoi elle l'avait quitté, horrifié de voir que sa vie ne se déroulait pas comme prévu, quand le nouveau mari de sa femme se levant et passant devant lui, Martin se rendit compte avec effroi qu'il ne l'avait pas vu et qu'il ne pouvait interagir avec eux. Martin fut incrédule, paniqua, lorsque l'homme revint et demanda à Suzanne si ce n'était pas trop dur. C'est alors que Martin réalisa la vérité. En toute réponse, Suzanne expliqua sous ses yeux médusés que cela faisait cinq ans maintenant qu'il avait disparu et qu'elle était passée à autre chose, grâce à lui et les enfants. Puis ils s'embrassèrent et Martin pleura, effondré. Le cœur battant et l'esprit de plus en plus affolé il retourna alors à la machine et voyagea dans le temps jusqu'à son point de départ. De retour à son époque, il découvrit cependant que même en revenant au moment exact de son départ, il ne pouvait plus interagir avec la réalité. Pourtant il pouvait marcher sur le sol, ouvrir des portes et respirer, il en était certain. Mais il essaya d'attraper des outils et passa tout de même au travers. Il trouva que c'était un non-sens et essaya de comprendre, mais il finit abattu par se rendre compte qu'à partir du moment où il avait voyagé la première fois dans le temps, il avait tout bonnement disparu de la réalité et ne pouvait plus du tout interagir avec. Martin était déphasé de la réalité. Effrayé il tenta de remonter le temps d'un an, puis de deux, puis de trois, afin de s'empêcher de la concevoir mais bien entendu, validant les théories sur le voyage dans le temps, il constata qu'il ne pouvait pas s'empêcher de créer sa machine, car il ne pouvait même pas se toucher lui-même. Il ne pouvait pas créer une machine à voyager dans le temps pour remonter le temps et s'empêcher ensuite de le faire. C'était impossible, ce serait un paradoxe. Pourtant c'est ce qu'il désirerait le plus... Las, après des jours d'essais, Martin décida de retourner une dernière fois à son époque, une minute avant son départ, espérant que le décalage de la machine avec sa position d'origine pourra créer un déphasage physique, lui permettant ainsi de réussir à revenir à la réalité pour se dissuader de voyager. Il se passa toutefois encore une fois au travers et se vit monter dans la machine et voyager dans le temps.

Martin assista avec horreur au moment où ils s'effacèrent, lui et la machine, de la réalité. Avec effroi il accepta alors amer la vérité. Il s'était condamné.

Martin se mit à pleurer, abattu, démoralisé... Il avait tout détruit. Par son désir de connaissances, il avait conçu sa propre mort, qui serait longue et douloureuse... Et il commençait déjà à ressentir la faim qui l'amènerait un jour certain, il en était sûr, à la mort... Voilà comment il finirait ses jours, non pas avec celle qu'il aimait, mais seul, affamé dans une bulle temporelle l'isolant de la réalité, condamné à errer dans le temps d'ici là, il était seul et simple spectateur. Voyageant une dernière fois, en larmes, abattu, il partit un an plus tard, étouffant des sanglots d'une tristesse que personne d'autre avant lui n'avait pu connaître. Les planètes et leurs satellites se mouvant autour du soleil une dernière fois, il assista alors, en réponse à son malheur, impuissant, au désespoir de sa femme. Seule dans sa cave, sa bague au doigt, Suzanne était là, effondrée, son magnifique visage perdu sous sa chevelure blonde, pleurant celui qu'elle aimait et qu'elle avait perdu elle ne savait comment. Martin se levant du siège de sa machine, il la regarda, honteux de l'avoir tant fait souffrir. Il avait non seulement détruit sa vie mais avait causé la plus grande peine à Suzanne, il l'avait délaissée... Il s'avança vers elle et tenta de passer ses doigts à travers ses longs cheveux blonds, mais hélas, toujours sans succès. Il s'effondra alors de chagrin à ses côtés. Au moins savait-il qu'elle, elle continuerait à vivre et serait heureuse... Cela avait son importance. Mais amer, son esprit scientifique conclut à ses dépens, qu'à ne pas profiter du présent, on devenait spectateur de ce qui nous entoure...

Martin se demanda dans un dernier désarroi avant de s'effondrer totalement si ce n'était pas le fait que la bulle soit entrée en contact avec le sol lors du premier voyage qui lui avait permis de pouvoir garder pied-à-terre, de pouvoir marcher sur le sol, ou bien s'il avait tout simplement utilisé une mauvaise corde, qui l'avait séparé de la réalité ? Peut-être que si la machine avait été suspendue dans le vide, il n'aurait jamais pu en sortir et marcher de nouveau, qu'il serait tombé dans l'espace, ou bien au contraire il n'y aurait pas eu de soucis ? Peut-être même qu'en utilisant un vaisseau spatial en déplacement dans l'espace il aurait pu rentrer auprès de son épouse ? Mais ça, il ne le saura jamais... Martin mourut de faim dans d'atroces souffrances, piégé dans la bulle temporelle de sa machine, martelé de questions sans réponses, incapable de comprendre pourquoi son champ de transi lui avait permis de garder contact avec la terre ferme mais ne lui permettait pas d'interagir avec le reste, incapable de comprendre comment en étant figé dans le temps, à l'extérieur du temps, il pouvait toujours vieillir et ressentir la fin alors qu'il aurait dû être figé à l'instant t de son départ, ou même encore, incapable de saisir pourquoi le fait d'être revenu au moment pile de son départ ne l'avait pas libéré. Peut-être tout simplement que voyager dans le temps signifie ne plus pouvoir en faire partie ? »

Adélaïde déposa la feuille sur le bureau et bouleversée, pleura à chaudes larmes. Phileas lui manquait, il lui manquait terriblement. Elle ne savait pas où il était, ni même s'il était vivant, mais son époux lui manquait à un point inimaginable.

La jeune femme se leva, et terminant la bouteille de vodka, sortit du bureau et referma à clé derrière elle. Elle décida de ne pas débarrasser ses affaires, pas encore, car elle n'était pas prête. Allant se coucher, pleine de remords, honteuse de ce qu'elle avait fait cette nuit, elle pleura alors simplement dans son lit, regrettant que son mari n'ait pas eu le temps, entre autres, de terminer de rédiger son histoire. Il avait manqué de temps.

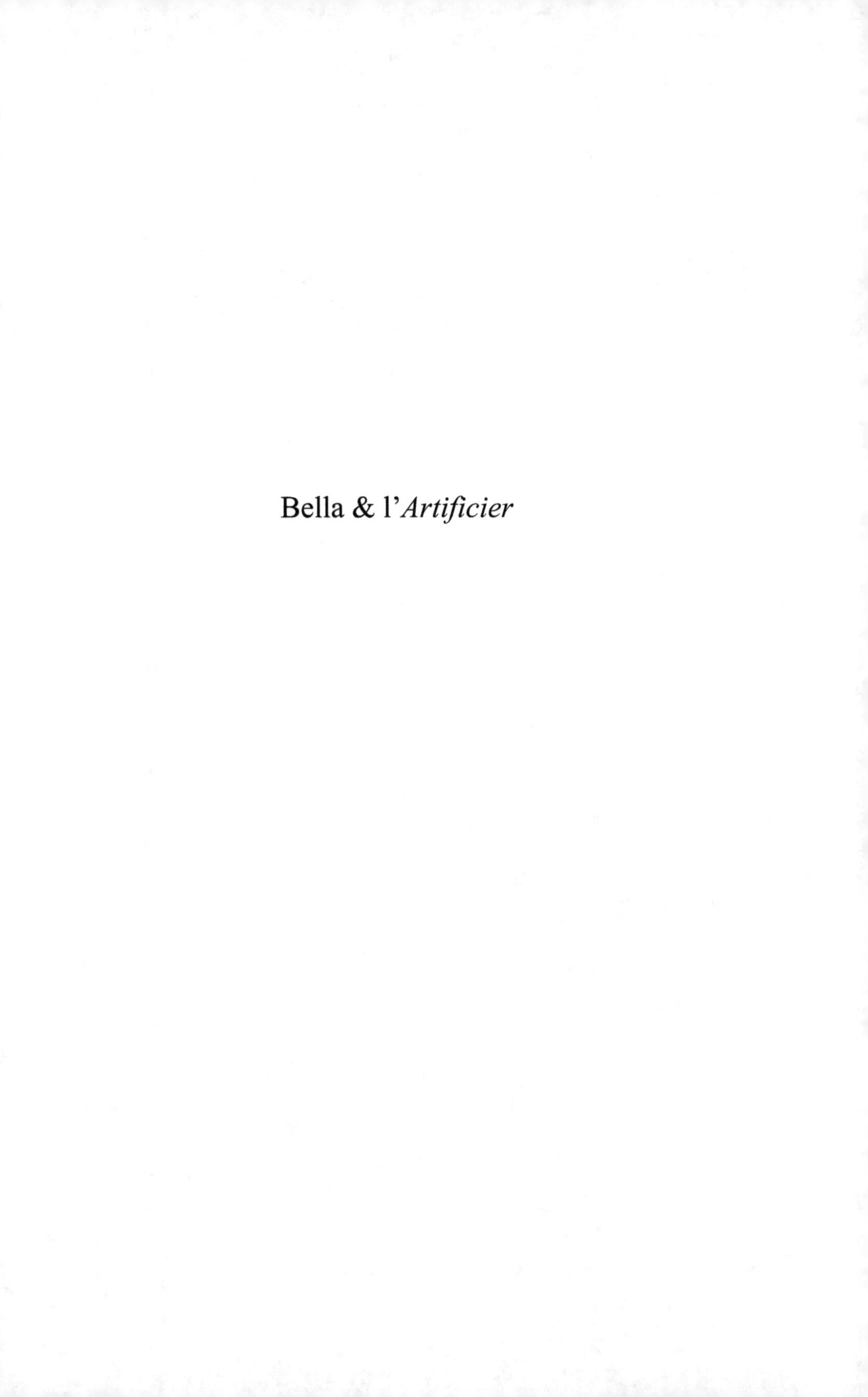

Bella & l'*Artificier*

Février 2018.

Bella essuya tant bien que mal ses yeux rouges et humides, et regarda les *Artificiers* emporter le corps. Puis amère, le visage sale et ensanglanté, les vêtements en piteux état, elle les suivit jusqu'à leur jet en boitant tant bien que mal.

Tout s'était passé si vite... La jeune femme était chamboulée. Cela aurait dû être une simple mission exécutive, l'assassinat d'un trafiquant de drogue, mais cela ne s'était pas passé comme prévu. Elle avait pris contact avec des membres de son réseau via une soirée mondaine parisienne, elle s'était rapidement mêlée à cette masse de petites frappes agissant pour lui, et un mois plus tard elle avait même fini par infiltrer son gang... sauf que c'était un piège. Elle avait été repérée ou trahie, et alors qu'ils s'apprêtaient à faire une grosse livraison qui lui aurait permis d'identifier les acheteurs et de régler son compte à tout le monde, abattant d'une pierre deux coups le réseau tout entier et son principal client, on l'avait attendue de pied ferme... S'enfuyant de l'entrepôt où avait eu lieu la transaction, blessée à la tête, à la main, et au ventre, elle ne donnait pas cher de sa peau, et n'avait échappé à la mort que grâce à l'intervention d'un *Artificier*, qui l'avait protégée avec sa cape puis l'avait aidée à se réfugier dans les égouts.

— Vous ? Que faites-vous ici ? s'était-elle écriée endolorie en le pointant de son arme.

L'*Artificier* n'avait pas répondu. Il lui avait arraché son arme des mains, puis l'avait visée avec.

— Cela vous plait d'avoir une arme pointée contre vous ? avait-il répondu.

Bella n'avait pas rétorqué. Aigrie, souffrant le martyre, elle avait demandé à ce qu'il lui rende son arme, puis l'individu masqué se proposant comme appui, il l'aida à s'éloigner.

La jeune agente regarda effondrée les *Artificiers* emmener leur confrère tombé au combat. Elle avait eu énormément de préjugés sur eux à cause de la trahison de Phileas, elle s'était sentie tellement trahie par l'homme qu'elle avait aimé… Comment diable avait-il pu faire ça ? Mais Phileas était mort maintenant, et elle s'était remise en question… et cet *Artificier* lui avait ouvert les yeux. Bien que conscient de la colère qu'elle éprouvait envers eux, il s'était porté à son secours sans se poser de questions, et l'avait soignée du mieux qu'il le pouvait… Et pourtant elle n'avait pas été tendre. Elle s'était montrée froide et méchante au début, alors que lui s'était en retour continuellement montré avenant et solidaire.

Bella essuya ses yeux, triste, tâchant de se retenir de pleurer. Ils avaient passé cinq jours cachés dans les égouts, à manger des rats, à survivre tant bien que mal en espérant trouver une échappatoire, un moyen de regagner la surface sans que les hommes qui la recherchaient les trouvent, prisonniers d'un réseau souterrain sale, nauséabond et sombre, et si elle était encore en vie, c'était grâce à lui. Dans les méandres de sa tunique, il y avait de quoi la soigner et la nourrir, et l'*Artificier* l'avait fait tout du long sans hésiter.

— Vous savez, j'ai cassé la gueule à un de vos collègues une fois ? lui avait-elle dit le second jour alors qu'elle se réveillait.

— Ah ? s'était montré curieux l'*Artificier*.

— Tony Williams, il travaillait avec nous autrefois, c'était un bon élément…

L'*Artificier* avait soigné sa plaie au ventre, et la regardant toujours à travers son masque, l'avait interrogée.

— Pourquoi lui avez-vous cassé la gueule, comme vous dites ?

Bella avait soupiré, elle ne savait même pas réellement elle-même. Elle en avait voulu à Phileas et elle s'était acharnée sur cet homme comme s'il était un exutoire, ou son ancien amant lui-même.

— Nous avons contacté le *Service*, s'exclama l'un des *Artificiers*. Ils ne vont pas tarder à arriver.

— Bien, merci, répondit amère Bella.

L'*Artificier* hocha de la tête, et monta dans le jet.

Bella regarda l'avion s'envoler, et s'asseyant sur une grosse roche, attendit que son service n'arrive. Mais mettant la tête entre les mains, elle se mit alors à pleurer à chaudes larmes, rongée par la peine. Pendant cinq jours cet *Artificier* s'était occupé d'elle malgré son sale caractère et son aversion, et lorsqu'au bout du compte, ils avaient pu sortir, qu'elle avait été assez forte, ils avaient tout naturellement à force d'attachement terminé sa mission ensemble. Ils avaient abattu le réseau tant bien que mal, liquidant tout le monde sur l'île, et triomphant, l'*Artificier* avait réussi à joindre ses collègues pour qu'ils viennent les chercher. Mais un coup de feu avait alors retenti derrière elle. Bella s'était retournée affolée, et avec horreur, elle l'avait alors vu au sol, mort. Il avait pris une balle qui lui était destinée. Après cinq jours à lui porter secours, il l'avait protégée une dernière fois, et en était mort. Cet *Artificier* constamment masqué envers qui elle s'était montrée acariâtre pendant tout leur périple gisait au sol, mort, et abattant son assaillant, elle n'avait alors pas pu résister. Avec effroi, affligée, elle avait soulevé son masque, qu'il s'était obstiné à garder pendant tout ce temps. Terrassée par le remord, elle avait alors découvert que l'*Artificier* qui l'avait secourue et qui venait de se sacrifier pour elle n'était autre que Tony Williams, l'agent qu'elle avait molesté en découvrant sa nature d'agent double.

Léopold O'Clock et l'île des lames noires

1

Fin avril 1903.

— Voulez-vous bien lâcher ce sac de golf, Léopold ? demanda Sally.

— Non !

La jeune femme fit la moue, mais n'insista plus.

— Peut-être pourriez-vous écrire cela dans vos écrits Miss Deglow, l'obstination du dernier O'Clock à garder dans ses bras son sac de clubs, malgré la houle, malgré les sollicitations, et malgré qu'il soit déjà tombé deux fois, s'exclama Thomas avec moquerie.

— À ce propos, je me suis permis de lire votre récit adapté de l'affaire du chat volé… et je dois dire que j'ai beaucoup apprécié votre plume, s'exclama Léopold à la jeune femme.

— Merci bien, répondit-elle. Mais je n'ai fait que suivre vos ordres, écrire une histoire fausse mais totalement embellie à propos de Léopold O'Clock, qui enquêta tel Sherlock Holmes pour dénicher le voleur de la belle Mathilda.

— Et non pas qui farnienta dans son fauteuil, jouant la comédie tout en s'ennuyant en buvant son thé, ajouta Thomas.

Léopold regarda l'île des lames noires se dessiner à l'horizon, son sac toujours serré contre lui, et grommela.

— La paix vous deux, la paix.

Sally et Thomas sourirent, ravis de l'embêter, et suivant son regard, se focalisèrent aussi sur la fameuse île des lames noires. Elle était nommée ainsi parce que ses récifs étaient faits d'obsidienne érodée en forme de pointe, dessinant un rivage de lames ou de piques dressées vers le ciel. C'était beau et terrifiant à la fois.

— Espérons que nous pourrons nous reposer et nous dépayser, s'exclama alors Sally, quoique peu convaincue devant l'ambiance glaciale suscitée par le décor. Vous savez qu'on prétend que les accidents arrivent facilement ici ?

— Oui, nous verrons bien, répondit Thomas. Et non, ce ne sont que des histoires de bonnes femmes, rien de vrai n'existe dans ces sornettes.

— Je n'ai pas dit que j'y croyais, j'ai dit qu'on prétendait. Léopold souffla songeur sans se mêler de la conversation de ses deux amis. Ils avaient tous les trois étaient invités à venir passer une semaine sur l'île des lames noires, et profitant de l'opportunité de changer d'air, ils avaient accepté. Léopold reniflait toutefois l'entourloupe, alors même s'il n'en parla pas à ses amis, il avait pris son sac.

2

Cela faisait trois jours que le *cabinet IO* était installé à l'hôtel de l'île. Il y avait en tout et pour tout dix membres du personnel et vingt convives profitant des cours de tennis, de la piscine, et de la quiétude offerte par les lieux. Pour l'instant, tout se passait bien. Sally se reposait la plupart du temps sur une chaise longue dans le jardin en écoutant des disques phonographiques sur un gramophone, Thomas lisait quant à lui au bord de la piscine, appréciant particulièrement le chahut des autres vacanciers, et Léopold, lui, réfléchissait et se baladait. Il y avait en tout trente personnes sur l'île, et pas une de plus. Il avait fouillé, vérifié, parcouru toute l'île en long et en large, et il n'y avait personne d'autre. Aucune crevasse mystérieuse où se cacher, aucun recoin obscur dans la forêt, ni aucune maison abandonnée ne pouvant servir de refuge, il n'y avait absolument rien. Et il avait également vérifié l'hôtel. De plus, la plage par laquelle ils étaient arrivés était le seul point d'accès possible. Car si ce n'était pas les lames noires, c'était de hautes falaises impossibles à escalader qui empêchaient les bateaux d'accoster. Certain donc qu'il n'y avait aucune autre personne sur l'île, Léopold commença presque à se détendre, à profiter de ses vacances, quand un cri déchira finalement la tranquillité de l'après-midi. L'ensemble des convives accourant, ils découvrirent alors avec horreur le capitaine Smith gisant au sol dans une mare de sang près du hangar à bateaux, un couteau enfoncé dans la poitrine.

— Oh mon Dieu ! s'écria terrifiée Miss Cristow en voyant le corps.

— C'est horrible, s'exclama le vieux marin Stanley Bradford.

Léopold et quelques vaillants hommes se penchèrent sur le corps pour vérifier si la victime était encore en vie, et constatant le meurtre, le dernier des O'Clock remarqua immédiatement une autre évidence : les trois embarcations avaient été détachées et étaient déjà à une bonne vingtaine de mètres du ponton… La mer se trouvant agitée avec le vent qui se levait, toute tentative de les récupérer risquerait de faire s'échouer les nageurs sur les lames. Ils étaient donc coincés ici jusqu'à la fin de la semaine prochaine.

— Oh non, fut désemparée Sally. Même en vacances il faut que vous trouviez des meurtres.

Léopold regarda la jeune femme, dont le visage semblait terrifié, et finalement regarda à nouveau le corps allongé devant lui.

— Oui, malheureusement Sally, et je crains le pire.

Léopold grommela intérieurement. C'était bien un piège, dans lequel ils s'étaient presque aveuglément jetés.

<h1 style="text-align:center">3</h1>

— Mesdames et messieurs, un crime a été commis ici, s'exclama Léopold.

Les vingt-huit autres prisonniers de l'île le regardèrent en silence, et les fixant, le détective essaya de deviner sur leurs visages qui pourrait bien être le tueur. Car il était forcément ici, il était forcément l'un d'entre eux.

— Mais ne nous alarmons pas. Le bateau reviendra nous chercher dimanche, dans onze jours, et d'ici là, nous avons assez de vivres pour tenir.

— Oui, mais il y a un assassin parmi nous, s'exclama une femme, Miss Swan.

Léopold tourna la tête vers la jeune blonde. Elle jouait au tennis avec son professeur, plus âgé, et probablement son amant, lorsque le meurtre avait eu lieu. Il ne l'avait certes pas vue sur le court, mais elle était arrivée avec sa raquette et en tenue. En y réfléchissant bien, Léopold constata d'ailleurs qu'il n'y avait que très peu de personnes qu'il pouvait rayer de la liste de ses suspects. Uniquement ceux qui étaient dans son champ de vision au moment du meurtre, et bien évidemment Sally et les deux enfants de madame Salter, autrement dit neuf personnes. Cela lui laissait donc dix-neuf possibles assassins.

— Bien, je vais vous demander de ne pas céder à la paranoïa, essaya-t-il de rassurer les autres, le tueur n'est probablement pas l'un d'entre nous, mentit-il ensuite pour éviter qu'ils paniquent, et même si c'était le cas, ne restez jamais seuls et tout se passera bien. Déplacez-vous par groupes de minimum trois personnes, et tout ira bien ! Vous m'avez entendu ?

Son public acquiesça, aussi bien les membres du personnel, que les convives. Tout le monde savait qu'il était le grand O'Clock, enquêteur pour la police de Londres, et cela suffit à assoir son autorité en ce moment aussi délicat. Puis, certain qu'ils étaient tous assez calmes pour être laissés seuls, il ressortit pour aller voir le corps.

— Sally, Thomas, venez avec moi ! leur ordonna-t-il.

Ses deux compères le suivirent, et retournant auprès du hangar à bateau pour examiner le corps, ils conversèrent alors à propos du meurtre.

— Pensez-vous que c'est un hasard ? demanda Sally.

— Point du tout, répondit Léopold.

— Je vous ai vu parcourir l'île, s'exclama Thomas, pensez-vous vraiment qu'il y ait eu une trente-et-unième personne avec nous ?

— Non, j'ai dit cela pour les rassurer. À moins que l'assassin m'ait soigneusement évité, et qu'il se soit caché dans un des bateaux pour pouvoir revenir sur le rivage ce soir, je ne pense pas qu'il y ait une autre âme avec nous. Il s'agit donc de l'un d'entre eux.

4

Le repas du soir fut pris dans le calme le plus silencieux qu'il soit. Chacun soupant sans prononcer mot, chacun regardant, épiant de l'œil les autres convives, l'atmosphère était délétère, propice à la paranoïa et à son escalade. Et Léopold manquait d'indices, il manquait d'éléments. Il avait une liste de dix personnes lui compris qu'il était certain n'avaient pas commis le meurtre, et c'était maigre. Mais si c'était un piège, ou pire, un jeu destiné à leur attention à Sally, Thomas et lui, alors il se pourrait que le meurtrier ait un complice pour exécuter ses crimes et ainsi brouiller les pistes au fur et à mesure de ses méfaits. En attendant, Léopold avait recueilli le témoignage de tout le monde, hélas, sans succès. Tous avaient un alibi et au moins un témoin. C'était trop beau. Car ou bien cela signifiait qu'il y avait bien plusieurs assassins qui se fournissaient des alibis, ou bien qu'il y avait une autre personne sur l'île. Sinon, c'est que l'assassin était bien là parmi eux à manger ou à servir dans la salle de restauration et qu'il était doué, très doué, car il arrivait à le duper. Il avait réussi à lui faire croire dans son langage corporel qu'il était innocent, et cela c'était fort.

Lorsque tout le monde partit se coucher, Léopold entendit distinctement les autres convives fermer leurs portes de chambre à clé. Lui-même peu rassuré, il en fit de même. Ils étaient en autarcie complète sur une île dangereuse, alors mieux valait être prudent.

5

Au petit matin, le vieux magistrat Edgar Ford, le professeur de tennis de Miss Swan, fut retrouvé mort dans son lit, la gorge tranchée. Les cris de la femme de ménage réveillant tout l'étage, la panique gagna alors l'ensemble des vacanciers et du personnel. Sortant de sa chambre en hâte suivi de peu par Thomas, Léopold se rendit dans celle du défunt, et constata immédiatement un détail crucial. La fenêtre était fermée de l'intérieur, et la clé était sur la porte, à l'intérieur de la chambre. Cela menait à deux suppositions : ou le vieil homme avait été trop confiant, et ne s'était pas enfermé à clé, ou bien il était complice de l'assassin, et s'était fait trahir. Se tournant vers Miss Swan qui arriva à cet instant, Léopold l'observa. Blanche, en larmes, elle était réellement terrifiée. Ou bien elle était la meilleure comédienne qui lui ait été donnée de voir, ou bien elle n'était pas complice. Mais fixant les autres curieux venus regarder ce qu'il se passait, Léopold s'affola. Aucun d'eux n'avait le visage d'un coupable. Ou bien ils étaient tous sincères, ou bien il était entouré d'une troupe de comédiens.

6

Il est apparu après son interrogatoire en début d'après-midi que Miss Swan avait rejoint le magistrat durant la nuit, puis s'en était allée. Le pauvre vieil homme avait dû oublier de s'enfermer après son départ. Léopold fut donc songeur après avoir congédié la demoiselle : le tueur aurait fait une à une toutes les portes pour voir qui aurait oublié de s'enfermer ?

— Très peu de gens se connaissaient avant d'arriver sur l'île, s'exclama Sally, le tirant à la réalité. Enfin, mis à part les couples et le personnel.

— Nous pouvons donc supposer que ce sont des meurtres exécutés au hasard, déduit Thomas.

— Oui, c'est un jeu macabre, nous nous devons de le stopper avant que le tueur ne décime tout le monde, déclara Léopold.

— En tout cas, sans plus d'informations sur les victimes, et leur vie en dehors d'ici, c'est la seule solution logique.

— Miss Swan a dit que Mr. Ford ne connaissait pas le capitaine, confirma Sally.

Léopold soupira, embêté de ne pas trouver la clé de tout ce mystère.

— Ce jeu nous est personnellement adressé, j'en suis sûr, nous avons été invités ici, déclara-t-il.

— Oui, mais par qui ? L'assassin de feu votre frère ? demanda Sally.

Léopold regarda la jeune femme, perplexe.

— Je ne sais pas, mais ce soir je ne veux pas que vous dormiez seule Sally.

— Je vous demande pardon ? s'interloqua sa secrétaire.

— Je préférerais que vous preniez une chambre double avec Thomas, qu'il puisse veiller sur vous.

— Êtes-vous sûr ? demanda son assistant.

— Ai-je mon mot à dire ? s'exclama Sally.

212

— Pourquoi donc cette question Thomas ? s'étonna Léopold. Et non Sally, car je ne veux pas qu'il vous arrive malheur.

— Et bien dans ce cas, je préfère dormir avec vous ! répondit la jeune femme.

— Je vous demande pardon ? s'étonna Léopold.

— C'est de cela que je voulais vous parler Léopold, je ronfle, s'exclama Thomas, et j'ai parfois le sommeil très lourd, alors pour sa sécurité, il vaut mieux que ce soit vous qui veillez sur elle ! Elle sera plus en sécurité.

Léopold regarda son assistant et sa secrétaire, et n'ayant pas de contre-argument, accepta à contrecœur. Puis un nouveau cri se fit entendre, celui d'une femme effrayée déchirant la quiétude de l'après-midi. Arrivant à l'extérieur, ils trouvèrent alors une partie des convives réunis autour de la piscine, où flottait le corps d'une troisième victime, le sommelier, Clark Rush, étranglé à l'aide d'un fil à linge.

7

Trois jours plus tard.

— Le subterfuge de la canne révolutionnaire mon cher, fit Léopold à son assistant, c'est qu'il y en a trois.

Ouvrant son sac de clubs de golf cadenassé qu'il avait jalousement gardé près de lui sur le bateau et sous son lit depuis, il sortit les deux autres cannes identiques à celle qui l'accompagnait, et les tendit à l'homme pour les lui montrer.

— Le tout est de choisir judicieusement avec laquelle sortir enquêter. Les trois disposent de tous les gadgets dignes du modèle 1890 de couteau l'armée suisse, tels que boussole, tournevis, couteaux divers et embouts inflammables pour pouvoir éclairer, mais seule celle-ci contient entre autres une corde très fine et résistante de six mètres, tandis que celle-ci est une fine épée lorsqu'on en dévisse le pommeau, et enfin que celle-ci peut servir d'arme à feu si on appuie à un endroit précis du pommeau.

— Incroyable ! s'exclama Thomas.

— N'est-ce pas ? sourit Léopold.

Saisissant l'une des cannes, sans révéler le secret de la différenciation entre elles, Léopold en transforma le bout en grappin, et se dirigeant vers la fenêtre, l'ouvrit pour laisser entrer la douce musique du chant des oiseaux. C'était une belle journée, très ensoleillée, parfaite pour faire une balade. Passant la tête à l'extérieur, il visa l'étage au-dessus.

— Je viens de réaliser, s'exclama toutefois avec curiosité Thomas, c'est que lorsque vous êtes arrivé, vous n'aviez qu'une seule canne et pas d'affaires.

— Je suis en effet arrivé avec une seule canne… mais un ami m'a apporté les deux autres durant la nuit, s'amusa Léopold.

— Tout est affaire de détournement de regard, comprit donc l'assistant.

— En effet.

Léopold appuya sur la gâchette secrète de sa canne, et atteignant avec son grappin le toit juste au-dessus de la fenêtre d'une pièce de l'hôtel mystérieusement fermée à clé depuis deux jours, il grimpa alors le long du mur. Accédant au rebord de la fenêtre, il entra alors dans la pièce pour ouvrir à son compagnon. Mais le mystère de la porte fermée à clé n'en était plus un. Le cuisinier qu'on n'avait plus trouvé depuis l'avant-veille était ici, mort.

— Donc l'assassin est celui qui a la clé de cette pièce, s'exclama amer Thomas.

— Oui, et il nous reste encore une semaine avant que le bateau revienne.

8

Malgré les circonstances, s'habituant presque à la situation, une certaine familiarité et franchement même une certaine amitié se tissèrent entre les résidents de l'hôtel. Discutant, buvant et riant ensemble comme pour se donner du courage et se persuader que la vie continuait, tous se côtoyaient avec un certain plaisir. Il y avait un assassin parmi eux, mais ne trouvant pas de qui il s'agissait, chacun essayait de récolter des indices, espionnant ici et là les autres, ou au contraire s'en moquait et préférait profiter des derniers jours qu'il leur restait à passer sur l'île. C'est ainsi que des romances naquirent, et que de manière générale, hormis les trois détectives, tout le monde reprit son petit train de vie, faisant du tennis, nageant dans la piscine, ou se baladant sur l'île en s'accommodant des meurtres. Fumant avec Thomas ou buvant avec Léopold, beaucoup leur demandaient toutefois leurs avis, ou même les interrogeaient sur leurs aventures, avides de mystères policiers. Puis à deux jours du retour du bateau, alors qu'aucun autre meurtre n'avait été commis, survint celui de Miss Kensington. La demoiselle poussa un cri strident dans la bibliothèque, et arrivant avec Sally,

Thomas et Mr. Fleming, avec qui ils parlaient justement, Léopold trouva son corps étendu sur le divan. La pauvre jeune femme avait été poignardée en plein cœur alors qu'elle lisait un livre. La liste des suspects diminuant encore mais le mystère s'épaississant, le détective commença alors à penser qu'il avait trouvé un génie égal au sien, si ce n'était supérieur. Combien de meurtres surviendraient avant qu'il ne découvre enfin qui était l'assassin ? Serait-il obligé de le laisser s'en aller comme tous les autres au moment où le bateau reviendrait ?

Léopold douta réellement de pouvoir attraper le meurtrier. Mais c'est alors qu'il trouva la solution. La veille du départ, une découverte dans la bibliothèque attira son attention, et lui fit comprendre qui était l'assassin. Un simple objet glissé sous le tapis résolut l'affaire.

9

— Je vous tiens finalement ! s'exclama Léopold.

Sa canne brandie, le détective sourit. Il avait acculé son ennemi au bord de la falaise après sa fuite. Il ne s'était pas s'agit d'un invité mystère sur l'île des lames noires, ni même d'un esprit frappeur, non. L'assassin n'était autre que Mr. John Fleming, l'étymologiste. Il était dans le petit salon avec Sally, Thomas et lui-même au moment où Miss Kensington avait poussé son cri, pour faire croire qu'il était innocent ; mais Léopold comprit finalement qu'il l'avait assassinée bien avant et qu'il avait enregistré sa plainte sur un disque phonographique, puis qu'il avait lancé le gramophone pour que le cri, entre deux longues plages vides, se fasse entendre quand il était avec eux. Le génie avait été trahi par son disque, qu'il était revenu cacher plus tard pendant la nuit, mais Léopold admira tout de même l'ingéniosité de son adversaire. C'était remarquable d'audace et des plus brillants.

— Vous ne m'aurez pas O'Clock ! Jamais je n'irai devant la justice ! rétorqua le criminel.

Puis sans un autre mot, stupéfiant Léopold, l'étymologiste sauta dans le vide, et vint s'empaler sur une des lames noires d'obsidienne frappée par la houle, mourant instantanément.

Quelques heures plus tard, bravant le vent, les vagues et le temps gris, attaché à une corde tenue par ses compagnons d'infortune en haut de la falaise, Léopold descendit le long des lames noires pour atteindre le corps. Chassant de la main les crabes commençant à se repaitre du cadavre, il le fouilla ainsi consciencieusement, quand il découvrit un mouchoir en soie dans une de ses poches. Avec horreur, il constata alors que les lettres L, I et A étaient cousues dessus. Devenant blême, Léopold ne pouvait croire à une coïncidence.

10

— Pourquoi tuer les autres ? demanda Sally. Si nous étions les cibles, pourquoi ne pas s'en prendre qu'à nous ?

— Pour cacher nos meurtres ? Pour s'amuser ? suggéra Thomas.

Léopold ne répondit pas à ses amis. Tandis que l'île s'éloignait, le bateau les ramenant en Angleterre, il songea à sa découverte. Serrant dans sa poche le mouchoir qu'il avait trouvé, il ne pouvait nier son existence. Et en quoi était-elle mêlée à tout ça ?

Double-zéro Dix-Neuf

Adélaïde regarda par la fenêtre, songeuse. Rio était une belle ville, et la nuit semblait la magnifier. C'était vraiment beau. Mais malheureusement, elle n'était pas là pour apprécier la vue.

— Il arrive madame, s'exclama un de ses agents.

Adélaïde acquiesça tout en continuant de regarder dehors. Cela avait vraiment l'air d'être une jolie ville.

— Il est dans l'escalier, annonça son agent.

Adélaïde hocha de la tête. Bon sang, comme si elle n'avait pas assez de problèmes comme ça. Puis elle entendit la porte d'entrée de la suite s'ouvrir, et se tourna pour faire face à son agent.

— Vous avez une sale gueule, déclara-t-elle.

Jeremy Cummings, *Double-zéro Dix-Neuf*, la regarda, le visage sale et en sang, et partit se servir un verre de whisky au bar.

— Que faites-vous ici madame ? demanda-t-il.

Adélaïde inspira bruyamment, irritée.

— Vous deviez vous présenter à la station il y a deux jours déjà, déclara-t-elle.

Adélaïde regarda son agent boire avec dédain, et venir vers elle pour la fixer sans sourciller.

— Ma mission n'est pas terminée.

— Elle l'est, *Double-zéro Dix-Neuf*, je vous ai donné un ordre ! s'impatienta-t-elle.

Cummings regarda sa cheffe avec colère.

— Avec tout le respect que je vous dois madame, vous savez comme moi qu'il faut faire sauter ce merdier !

— Ce que je sais, c'est que vous voulez venger la mort de cette fille ! rétorqua-t-elle.

Cummings regarda ailleurs, blessé et embarrassé.

— Le travail n'est pas accompli, répondit-il, convaincu.

— Il l'est pour vous ! ordonna Adélaïde avec fermeté.

L'agent Cummings vociféra, et regardant à droite à gauche, fixa les agents chargés de protéger sa cheffe. Puis il retourna se servir un verre.

— Qui comptez-vous nommer pour me remplacer ? demanda-t-il.

Adélaïde renvoya ses agents attendre dehors, certaine maintenant que Cummings s'était calmé, et une fois qu'ils furent sortis, regarda son agent avec plus de compassion.

— *Double-zéro Six* et *Double-zéro Quinze*, annonça-t-elle.

— Oh allez ! rouspéta Cummings. *Double-zéro Six* en a déjà assez bavé et *Quinze* est trop inexpérimenté !

Adélaïde regarda son agent avec impassibilité.

— Ils seront bien assez bons pour finir le travail.

— C'est mon dossier *M* ! se défendit encore Cummings.

Adélaïde le regarda en fronçant les sourcils.

— S'il le faut, je vous trainerais pour vous ramener.

Cummings regarda sa cheffe, dubitatif. Il savait qu'elle savait se battre. Elle était même sacrément douée au combat… et il fallait reconnaître qu'il était épuisé.

— Jurez-moi que le travail sera fait, que tous ces fumiers partiront en fumée ! lui fit-il donc promettre.

Adélaïde hocha la tête.

— Je vous le promets, Jeremy.

L'agent *Double-zéro Dix-Neuf* avala son verre, et se satisfit de sa réponse.

— J'ai le droit à une question ? lui demanda-t-il alors.

Adélaïde le regarda, gênée, s'attendant au pire.

— Oui ?

Cummings servit un verre, puis scruta le brun de ses yeux.

— Qui vous a tiré les oreilles ? Pour plaire à qui êtes-vous venue me sermonner ? l'interrogea-t-il en le lui tendant.

Adélaïde plissa les yeux en fixant son agent. Elle eut du mal à cacher un rictus d'irritation, et prit le verre en main.

— L'inconvénient d'avoir une étiquette officielle, c'est qu'on vous demande des comptes, sourit Cummings.

— Et si vous n'aviez pas fait un tel grabuge il y a trois jours, jamais on n'aurait eu vent de notre implication, répondit la cheffe du *Service*.

Elle tendit son verre, et ils trinquèrent.

— Mes excuses *M*, mais j'avais un créneau, et je l'ai saisi.

Adélaïde but son alcool d'une traite, et reposa son verre sur le bar.

— Ne vous en faites pas. Pour réussir à réellement m'emmerder, il faudrait déjà qu'ils sachent à quoi je ressemble et où se trouve notre Q.G.

— Alors on est encore plus ou moins tranquille ? demanda Cummings en terminant son whisky.

— Je travaille sur la question, déclara *M*.

— Bien, approuva l'agent, parce qu'autant j'apprécie la sécurité d'être officiel, autant je préférais être dans l'ombre, inconnu de tous.

Il déposa son verre sur le bar, et salua sa cheffe de la tête.

— Au revoir madame.

Cummings se dirigea vers la sortie pour être raccompagné au pays, et Adélaïde laissée seule dans la suite, se resservit alors un verre et retourna admirer la vue par la fenêtre. Songeuse, elle soupira. Avant de démissionner du *Service*, Phileas avait réussi à le rendre officiel. Elle avait apprécié le geste, et s'en était sentie plus rassurée, mais elle comprenait maintenant que cela n'avait jamais été une bonne idée… Le système est vraiment trop corrompu, trop intéressé… Alors elle se devait d'agir avec encore plus de discrétion qu'avant, car elle en avait marre de recevoir des appels, de décrocher pour entendre des sermons…

— Quelle jolie vue…

Adélaïde but une gorgée de son alcool, et saisissant son téléphone, envoya un message à Karen, *Double-zéro Six*.

« *Faites-moi tout péter, et assurez-vous qu'ils ne puissent pas recommencer.* »

La réponse ne se fit pas tarder, et fut satisfaisante.

« *Bien madame.* »

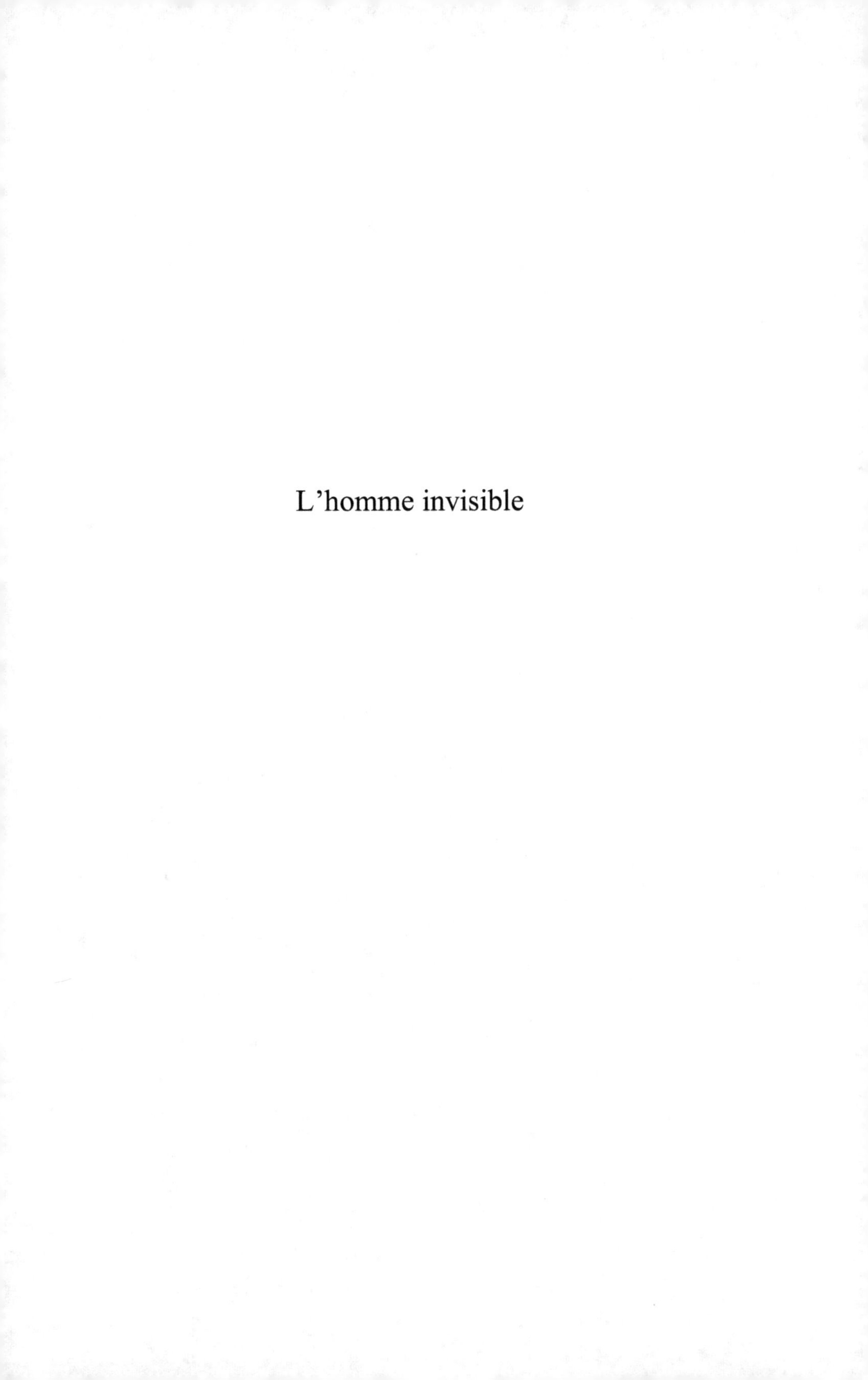

L'homme invisible

Noël 2019. Traduit de l'américain.

— L'homme invisible ? s'étonna Marc.

— C'est un bruit de couloir, une légende urbaine, expliqua Dean, béat.

— Mais encore ?

Dean sourit en fixant d'un œil distrait son ami.

— C'est parti de l'histoire d'un flic il y a quelques années. Il enquêtait sur une organisation qui faisait capoter ses opérations à lui et ses collègues, et il se serait fait tuer par le fameux homme invisible. D'après ce qui se dit dans le milieu, celui-ci vivrait caché et ne sortirait que pour tuer les gens. Il n'existe aucune preuve de son existence, il n'y a aucune photo de lui… Rien.

— Forcément, si ton homme est invisible ! constata Marc.

— Oui mais ce n'est pas ça l'histoire, continua Dean. Concernant le flic donc, avant sa mort il s'était senti épié et suivi, comme si on observait ses moindres gestes. Certains disent que ce serait d'ailleurs l'homme invisible qui lui aurait fait perdre son appartement et la plupart de ses biens. Il se serait acharné sur lui et aurait gâché sa vie et celle de ses collègues.

— Cela n'a pas l'air fort intéressant ton histoire, s'exclama Marc.

— Cela ne s'arrête pas là : suite à une énième opération qui capote, le flic est découvert et s'enfuit pour ne pas finir en taule. Il change de ville tu comprends, pour se faire discret, et il vient ici à Chicago sans que personne ne le sache… Et trois jours plus tard, une femme de ménage le retrouve mort, égorgé dans une chambre de cet hôtel, la porte fermée à clé de l'intérieur. L'homme invisible l'aurait suivi, l'aurait tué, puis serait ressorti de la pièce quand la police est arrivée et a ouvert la porte.

— C'est stupide, à ce niveau-là, autant dire que c'est le monstre du Loch Ness qui l'a tué, cela fonctionne tout aussi bien. Ou Big Foot.

— Oh je ne sais pas, s'exclama Dean en regardant au plafond d'un air songeur, toujours euphorique. Quand j'ai entendu cette histoire la première fois, j'ai ricané moi aussi, mais plus je l'ai entendue, plus j'ai eu de détails. C'était un flic pourri, et ses collègues aussi et…

— Attends, le coupa Marc, ton flic, ce ne serait pas celui qui bossait pour la mafia à New York ? Comment il s'appelait déjà ? Tony les deux poings ?

Dean regarda son ami, intrigué.

— Ah peut-être, répondit-il.

Marc ricana.

— Je crois que j'ai déjà entendu cette histoire. Tout le monde sait qu'il fréquentait les prostituées et toutes les filles un peu jolies qu'il croisait, et surtout aussi qu'il buvait. Pas très fiable comme gars.

— Ce n'est pas lui qui me l'a racontée mec, il est mort!

Dean sourit de la bêtise de son ami, puis savourant un coup de langue sur son gland, regarda au plafond avec ravissement. Installés chacun dans un fauteuil d'une suite d'hôtel, ils avaient déniché dans le hall deux jeunes étrangères, certainement des Françaises, qui semblaient avoir eu envie de goûter aux engins américains. À genoux devant eux, elles leur montraient donc l'étendue de leurs talents d'étudiantes en arts, pour leur plus grand plaisir.

— La tienne suce bien au fait ?

— Ouais, plutôt pas mal, reconnut Dean.

— Et qui a lancé cette histoire d'homme invisible ? s'étonna alors Marc en appuyant un peu plus sur la tête de la jeune femme devant lui pour qu'elle le prenne entièrement en bouche.

— Je ne sais pas trop, avoua honnêtement Dean. J'ai eu l'occasion sur un coup de discuter avec un des flics qui a trouvé le corps. Quand il est arrivé dans la chambre d'hôtel, il m'a dit qu'il a senti quelque chose le bousculer pour sortir, mais il n'y avait personne. Et puis il y a eu deux trois autres affaires similaires, des hommes retrouvés morts dans des circonstances mystérieuses, impossibles. Du coup la police a lancé cette histoire, je pense.

Il y eut un silence, les deux hommes appréciant les bienfaits de la langue française, quand Marc regarda de nouveau Dean.

— Et donc, tu penses qu'avec ce qu'on vient de faire, on aura la visite de l'homme invisible ? ricana-t-il.

Dean rigola.

— Si l'homme invisible existe, j'aimerais qu'il attende que ces deux pétasses françaises aient fini de nous sucer avant de nous tuer ! répondit-il.

Marc sourit, amusé, et Dean en fit tout autant. Puis tandis que l'unique bruit de succion troublait la quiétude de la chambre d'hôtel, les deux hommes savourant leur charmante compagnie, la porte de la penderie derrière eux s'ouvrit lentement. Une femme en sortant discrètement, elle approcha à pas feutrés d'eux, deux couteaux à trancher la viande en main. Sans sommation elle les égorgea alors d'un coup sec. Sans même avoir le temps d'être surpris, Marc et Dean respirèrent comme des gorets pendant quelques secondes en se vidant de leur sang, puis moururent.

— Bordel, il m'a éjaculé sur le visage en crevant ! s'exclama la Reine Nathalie, tout juste âgée de dix-neuf ans, du sperme et du sang plein le visage et les cheveux.

La Reine Elsa regarda son amie et sourit.

— Tu viens d'être couverte de sang frais et tu te plains pour un peu de sperme ? répondit-elle du haut de ses dix-huit ans.

Les deux femmes se levèrent, et regardèrent la Reine Méphala amusées.

— Merci, je n'en pouvais plus de les entendre parler, s'exclama-t-elle ensuite.

La Reine Méphala hocha de la tête.

— Merci à vous, j'ai été retenue ailleurs, du coup vous m'avez bien dépannée en les retenant et en les amenant ici.

— Ce fut un plaisir, j'adore jouer les femmes manipulatrices, s'amusa la Reine Elsa.

Adélaïde sourit, et ses deux jeunes consœurs partant à la salle de bain pour se nettoyer le visage, s'assurant au passage de ne pas laisser de trace derrière elles, elle regarda les deux hommes avec dégoût. Puis elle pouffa de dédain. Le milieu des criminels était si machiste que personne ne pensait un instant que le fameux homme invisible dont ils parlaient était simplement une femme, qui savait assez comment fonctionnait le monde pour atteindre ses victimes en passant inaperçue. Notamment en possédant cet hôtel. Puis arrangeant un peu la scène, Adélaïde récupéra la mallette d'argent de leurs employeurs, satisfaite d'avoir enfin réglé leur compte à ces deux salopards. Ils échappaient à la justice depuis trop longtemps, à grand coup de pots-de-vin et autres menaces, et se dirigeant vers la penderie avec ses complices fraîchement débarbouillées, elle emprunta le passage secret et regagna les égouts.

— Si on les laisse comme ça, braguettes ouvertes, ils vont soupçonner l'existence de deux femmes non ? Et adieu l'histoire de l'homme invisible ? s'étonna la Reine Elsa.

Adélaïde ricana.

— Personnellement je m'en moque du folklore qui a été créé, ce qui compte c'est que la mission soit accomplie. Et puis j'ai arrangé la scène... Maintenant on dirait qu'ils se sont chacun occupés l'un de l'autre d'une main amicale.

Gabriel

Gabriel Dru était entièrement nu, allongé sur le ventre sur un transat de son yacht, un cocktail à portée de main. Des lunettes de soleil sur le nez, il savourait simplement ses vacances, perdu dans la mer des Caraïbes.

— Chéri ? Tu viens ? prononça une jeune fille en bikini, allongée à l'ombre d'un parasol au bord de la piscine du bateau.

Gabriel releva les yeux vers elle, et sourit. Il se redressa de sur sa chaise longue, et une érection le gagnant vite, il la rejoignit. Elle ne devait pas avoir plus de quinze ans. Gabriel les aimait jeunes et jolies. Un peu plus loin, une gamine de treize ans bronzait d'ailleurs seins nus et deux autres tout juste majeures étaient dans la piscine, nues, faisant des longueurs. Gabriel s'approcha de la brunette qui l'avait appelé, et se plaçant derrière elle, la mit à quatre pattes. Dégageant son bikini, il la prépara avec deux doigts, puis une fois qu'elle fut assez humide, il la pénétra avec énergie. Il la culbuta ainsi durant une bonne dizaine de minutes, avant de jouir sur son dos et ses cheveux, épanoui. Puis il se tourna vers la fillette de treize ans. C'était fou à quel point l'argent attirait les gens. Qui plus est, à cet âge-là, elles avaient envie de se sentir femmes et de vivre des expériences. À dire vrai, elles se prenaient déjà pour des grandes. Lui faisant signe, il l'invita donc à le suivre et à s'agenouiller devant lui pendant qu'il buvait son cocktail dans un fauteuil. La jeune enfant l'aida ainsi rapidement à regagner en vigueur puis reçut après une fellation appliquée sa semence en bouche. Elle partit alors la partager avec les deux filles installées dans l'eau, et tout en admirant le spectacle, Gabriel réfléchit. Il n'avait encore que dix-sept ans, et c'était trop tôt, il n'était pas prêt. Sans fausse modestie, il était doué, mais il avait bien conscience qu'il n'était pas encore accompli. Il lui faudrait encore du temps, plusieurs années, au moins trois. Mais quand ce sera le cas, qu'il sera enfin prêt, qu'il aura bien peaufiné son plan, qu'il aura encore plus de moyens, alors sa vengeance sera terrible. Gabriel sourit. Il y avait longuement réfléchi, et il ferait ça le jour de son anniversaire, il ferait ça pour ses vingt ans. Alors son courroux s'abattrait sur *M*, sur ses enfants, et enfin surtout sur ses sœurs. Il n'avait pas encore tous les détails, mais ils en souffriraient tous. Gabriel jubila, et réinvita la fillette de treize ans à venir près de lui. Lorsqu'elle fut debout à ses côtés, il descendit alors son maillot de bain et découvrit son pubis épilé. Puis il l'installa sur lui et la prit farouchement, limant son jeune sexe étroit et tendre. Il lui arracha des cris de plaisir tout en lui mordillant les seins, puis emporté, jouit encore, cette fois en elle. La petite Jean aura dix ans quand il la prendra de la sorte devant sa mère et son frère dans trois ans. Il espère qu'elle sera déjà en partie formée et surtout qu'elle pleurera de douleur. Gabriel sourit toujours. Le plus dur ce sera de séduire Clémentine et Céline pour les amener dans son lit. Il aimerait qu'elles couchent avec lui de manière consentante avant de leur révéler son identité, ce sera plus horrible encore. Cela dit, cela ne l'empêchera pas de les violer ensuite.

— Mmmh, tu m'as bien remplie, j'ai joui deux fois, s'exclama la jeune fille.

Gabriel s'amusa de ces mots de grande, et la relevant pour se retirer, se redressa et se dirigea vers l'intérieur du yacht.

— Léchez-lui la chatte les filles, qu'elle soit propre à mon retour, déclara-t-il aux deux filles dans l'eau.

Les deux jeunes adolescentes acquiescèrent, et tandis qu'il descendit dans le bateau, il entendit soudain la musique s'élever sur le pont. Pour elles c'était la fête ces vacances, s'amusa-t-il, elles se faisaient sauter par un jeune riche sur son luxueux bateau, alors elles avaient l'impression d'être des stars.

Gabriel retira ses lunettes de soleil et se dirigea vers la cale. Bon sang, il avait hâte de voir *M* le supplier après qu'il ait violé sa fille, puis de la forcer à le sucer et à mettre en bouche le zizi de son petit Adrien. Car il voulait la détruire, il voulait détruire son esprit et sa famille, et il voulait qu'elle en souffre un maximum. Puis alors il la déshabillerait et il forcerait ses enfants à la toucher, à la caresser. Bonté divine, Gabriel eut une nouvelle érection rien que de penser à la torture que cela sera pour cette mère de vivre ce tourment, de savoir qu'elle allait être forcée de traumatiser et d'attoucher sexuellement ses enfants pour en assurer la survie… avant qu'il ne les tue quand même à petit feu devant elle. Puis pourquoi pas ensuite, de les lui donner à nourrir ?

Gabriel ouvrit la porte de la cale, et s'approchant de la table qu'il avait installée à son entrée, saisit l'arbalète qu'il y avait déposée. Regardant les trois femmes attachées au mur avec des chaînes, il s'entraîna alors à tirer. Il essaya tout d'abord de viser entre leurs jambes au plus près du sexe sans les toucher, puis autour du cou. Tirant au total vingt flèches, il apprécia d'avoir amélioré son score. Cette fois, comparé aux séances précédentes, il ne manqua en effet qu'une seule fois son coup. Manque de pot hélas pour la fille du milieu, elle reçut une flèche dans la gorge et se vida de son sang comme un goret dans les cris et les supplices des deux autres. Mais Gabriel lui était satisfait. Il reposa donc son arbalète, referma la cale derrière lui, et fier, remonta sur le pont. Se réinstallant sur son transat, il admira alors ses quatre poules se faire des cunnilingus comme si c'était un jeu, comme des groupies faisant tout pour leur Rockstar préférée, et se masturbant un peu, il regarda le ciel sans nuages, aux anges. Elles étaient trop âgées mais il avait hâte d'abuser de ses sœurs, de les écœurer en leur révélant la vérité. Bon sang, et ce n'était rien comparé au reste de ce qu'il leur réservait. Puis Gabriel jouit. Un sourire béat aux lèvres, il espéra alors que le père qu'il n'avait jamais connu serait fier de ce qu'il préparait. En attendant, Gabriel s'entraînait à longueur d'année, et profitait actuellement de vacances bien méritées. L'une des deux grandes venant l'embrasser, il savoura d'ailleurs de sentir l'odeur de la plus jeune sur le bout de ses lèvres. Puis tandis qu'elle lécha le sperme qu'il avait sur le ventre, il s'imagina déjà au lendemain. Deux superbes filles de quatorze ans arriveraient, et de ce qu'il avait vu, elles n'attendaient qu'une chose, c'est de se faire déflorer par un riche. Il avait donc hâte de les baiser avec ardeur puis de faire une partouze avec ses six princesses. *Bienvenue sur le YOUNG LADIES mesdemoiselles !* prononça-t-il enjoué dans sa tête en buvant une nouvelle gorgée de son cocktail. *Et à votre santé M, Céline et Clémentine !*

Léopold O'Clock et Dame Lizbeth Inès Aberholme

1

Fin juin 1903.

Léopold fronça les sourcils, et tremblant imperceptiblement, il devint blême. Puis regardant en l'air, il constata qu'une des fenêtres de la coupole était ouverte. Amer, il ne put alors que se rendre à l'évidence. Un vol venait d'être commis au British Museum, celui d'un magnifique peigne en jade datant du IVe siècle, et la façon dont il avait été volé correspondait au modus operandi de Dame Lizbeth Inès Aberholme.

— Avez-vous trouvé quelque chose ? demanda Greenwood.

Léopold se racla la gorge et se releva expressément.

— Non, pas encore, cafouilla-t-il.

Taisant ses conclusions au policier, il lui annonça prendre l'affaire, puis repartit hâtivement suivi de son ami et assistant en direction de leur diligence.

— Que se passe-t-il Léopold ? demanda Thomas inquiet en comprenant bien qu'il était préoccupé.

Léopold se tourna vers l'ancien brigadier, affligé, et s'arrêtant sur place, son ami put lire sa détresse dans ses yeux.

— C'est elle, elle est revenue, annonça-t-il.

— Qui ça ? demanda Thomas.

Léopold regarda son ami, abattu, et baissa les yeux avec regret.

— Ce vol porte la marque de Dame Lizbeth Inès Aberholme, une riche voleuse que j'ai affrontée par le passé ici avant de partir à Paris, puis là-bas… Nous étions jeunes, nous étions amoureux, et…

— Et ? s'effraya Thomas.

Léopold monta dans la diligence, et hâta John de les ramener chez eux. Puis bien qu'il eut l'esprit agité, il se décida à se confier à son ami.

— Nous nous aimions, nous étions vraiment amoureux l'un de l'autre. Mais quand j'ai découvert ce qu'elle faisait, nous sommes devenus ennemis. Je l'ai poursuivie dans tout Londres, et finalement, après l'avoir fait arrêter, je suis parti à Paris. Lizbeth avait causé du tort à père en lui volant des objets auxquels il tenait et je ne me sentais plus de vivre ici avec lui et mon frère. C'est l'une des raisons de notre mésentente. Cela, et le reste. Toujours est-il que j'ai ensuite recroisé sa route à Paris, et même à Rome.

— Et son retour ici ne vous dit rien qui vaille ? Je comprends, s'exclama Thomas, cela doit vous rappeler des souvenirs.

— Non, vous ne comprenez pas…

Léopold souffla, aigri, et sortit le mouchoir qu'il avait trouvé dans la poche de John Fleming sur l'île des lames noires. Le prenant en main, Thomas comprit immédiatement. Les trois initiales cousues dans la soie étaient les siennes, L, I et A.

— Mon Dieu…

— Elle était liée à Fleming, alors je crains le pire…

2

Sally en était à quelques jours de son accouchement, et restant à la demeure, elle n'accompagnait plus Léopold et Thomas lors de leurs enquêtes depuis déjà quelques semaines. Ayant besoin de repos et de tranquillité, elle passait depuis le plus clair de son temps dans le jardin à lire et à écouter de la musique, Hector et Achille installés à ses pieds, veillant sur elle. Mais aujourd'hui, n'arrivant pas à lire, Sally avait les larmes aux yeux. Cela faisait trois jours que Monsieur Léopold ne dormait pas et ne disait quasiment rien, elle le voyait bien, et cela l'inquiétait. Thomas lui avait raconté ce qu'il lui avait dit, et anxieuse et certainement un peu jalouse, elle avait peur pour son ami. Elle n'aimait pas l'idée que cette femme circule librement, surtout après avoir fait autant de tort à la famille O'Clock, et par-dessus tout, elle n'aimait pas l'idée que Monsieur Léopold en soit triste. Ils avaient beau se lancer des piques, Sally et Thomas s'étaient attachés au détective, et il en était de même pour lui. Alors elle se faisait du mouron. Car en plus d'être affligé, il était têtu, et il ne fallait pas être devin pour comprendre qu'il chercherait à arrêter la dame en solitaire.

3

Avachi dans son fauteuil dans le grand salon, Léopold repensa à Lizbeth. Il l'avait rencontrée au cours d'un mariage, et ils s'étaient tout de suite plu. Leurs joutes verbales, leur danse, tout dans leur langage corporel et parlé avait immédiatement été le signe d'une grande complicité. Ils étaient des âmes sœurs. C'était simple, dès le premier regard qu'ils avaient posé l'un sur l'autre, ils avaient su qu'ils étaient faits pour être ensemble. Sans qu'il ne sache hélas que ce fût la même personne qu'il essayait d'arrêter pour le compte de la police. C'est lorsqu'il avait interrompu son vol à la Cathédrale Saint-Paul après trois semaines d'un amour parfait, qu'il l'avait réalisé et qu'ils s'étaient alors confrontés chez elle. Il l'avait trouvée dans le salon, et l'attendant assise sur une chaise, elle avait simplement commencé par cette simple question :

— Qu'est-ce que tu vas faire ?

Léopold s'en souvint, elle avait été triste d'avoir constaté que c'était lui qui la pourchassait. Car cela signifiait que leur relation était finie.

— Je dois te faire arrêter, avait-il répondu tout aussi chagriné qu'elle.

Ils avaient tous les deux les larmes aux yeux, déchirés de se découvrir ennemis.

— Et tu vas le faire ? l'avait-elle interrogé.

Léopold eut les larmes aux yeux en repensant à ce jour, celui où il dut dire adieu à sa promise. Il avait regardé cette femme qu'il aimait, il avait plongé ses yeux dans les siens, il avait admiré le plus beau visage qu'il lui était donné de voir, et en pleurs, il s'en était alors allé à contrecœur ouvrir aux forces de l'ordre. Le temps de revenir dans la pièce, son amour avait toutefois disparu.

Léopold essuya ses larmes et tâcha de reprendre ses esprits. Depuis lors, Lizbeth s'était entre autres mariée deux fois, et elle avait continué à user de son titre et à voler. Mais essayant de replonger dans son esprit pour lui mettre la main dessus, le détective se demanda ce qu'elle comptait faire, quel serait son prochain coup, et où elle pourrait loger. Lizbeth était trop intelligente pour se laisser avoir, il ne pouvait donc pas l'appâter avec un quelconque objet en en faisant la publicité dans les journaux. Il ne pouvait pas non plus espérer qu'elle vienne à lui… Alors il allait falloir qu'il se montre aussi rusé qu'elle, et une chose était sûre, elle ne se laisserait pas facilement attraper.

4

Le haut de la canne partit comme une flèche et s'enroula autour de la poutre. Se tenant au corps de la canne, Léopold se jeta alors dans le vide comme un singe se tenant à une liane, et atteignit l'autre côté du grenier. Poursuivant Lizbeth, il força alors l'allure. Hélas, sa blessure à la jambe lui faisait mal. Amer, retenu par la douleur, le détective regarda avec impuissance son ancien amour s'enfuir avec son butin, fixant sa silhouette habillée de noir et son chignon avant de la voir disparaître sur les toits de la ville. Il était arrivé trop tard, elle avait été plus rapide que lui.

Reprenant son souffle, le détective vociféra. Ce n'était que partie remise, il l'attraperait.

5

Léopold assista à la naissance de la petite Claire, mais l'esprit ailleurs, il n'eut pas le cœur à célébrer l'événement. Malgré tout heureux pour son amie, il lui adressa ses félicitations et lui déposa un baiser sur le front. Puis ordonnant à Thomas de rester avec elles, il ressortit dès le soir même poursuivre son enquête.

Léopold manqua Lizbeth de peu trois fois au cours des semaines suivantes, rageant à chaque fois un peu plus de sa vitesse alors que sa blessure le freinait. Furieux qu'elle lui échappe, il se repliait sur lui-même, gangréné par les remords et la défaite, incapable d'apprécier la naissance de sa nièce, incapable d'avoir l'esprit tranquille, incapable de se détendre.

Puis finalement, après deux mois de traque qu'il passa peu à peu coupé de ses proches, il réussit à l'attraper alors qu'elle s'apprêtait à voler les diamants de Lady Allen. Y mettant les grands moyens, sa blessure ne lui permettant pas de rivaliser avec Lizbeth à la course, le détective était sorti à sa poursuite avec Achille, et aidé du lion, il bénéficia de l'effet de surprise qui lui permit de l'arrêter. Capturant donc enfin son ancien amour, il la menotta avec regret, et en attendant l'arrivée de la police, ils prirent le temps de rediscuter. Après tant d'années, eux qui s'étaient aimés comme des fous, alors qu'il venait juste de l'arrêter, eux qui étaient ennemis, ils prirent le temps de rediscuter avec le cœur.

— Tu m'as manqué Lizbeth, s'exclama le détective.

— Toi aussi Léopold, tu m'as terriblement manqué.

La jeune femme embrassa son ancien amant, et fougueuse, glissa sa langue dans sa bouche en souvenir du bon vieux temps. Léopold ne put résister et la serra passionnément dans ses bras. Elle lui avait tellement manqué. Sa vie était fade et morne sans elle. Puis les larmes aux yeux, la jeune femme se décida à parler. La police n'allait pas tarder à arriver, et c'est quelque chose qu'elle ne voulait partager qu'avec lui, par respect, et par amour.

— On m'a payée il y a plusieurs mois pour tuer un homme qui passerait dans une certaine rue, à un moment précis, déclara-t-elle. Un homme… un homme avait kidnappé ma fille, et si je voulais la revoir, je devais exécuter ce contrat. Alors je l'ai fait… mais crois-moi, ce n'est que quand j'ai approché son corps après l'avoir tué que j'ai compris que c'était lui, que c'était ton frère… Je suis désolée Léopold, je suis terriblement désolée.

Le dernier des O'Clock regarda son amour perdu les larmes aux yeux, et s'écarta d'elle, choqué.

— Il s'appelle Wordsworth, annonça-t-elle morte de chagrin, il m'a manipulée pour que je le fasse en me prenant Lisa, je te demande de me croire…

Léopold s'écarta encore plus de Lizbeth les yeux rouges, abattu, décontenancé, foudroyé par le chagrin, mais surtout toujours incrédule. Puis il se leva et fit quelques pas.

— Ton frère enquêtait sur lui, baissa les yeux Lizbeth, consciente du tourment qu'elle venait de provoquer chez lui. Il le soupçonnait de trafiquer des humains en direction des Amériques, et d'être mêlé à la mort de ton père… Me sachant de retour en Angleterre, Phileas m'avait demandé son aide pour voler des documents chez lui, mais Wordsworth m'a tendu un piège pour se débarrasser de lui…

Léopold se tourna vers la femme qu'il avait aimée, et contint sa rage autant que faire se peut. Il bouillait, il était en rogne, il était fou de rage… Puis alors que la police arriva pour embarquer la cambrioleuse, il l'embrassa avec amour une dernière fois. Il s'en alla alors en silence tandis que le soleil se coucha.

6

La nuit même, quelques heures plus tard, Léopold fractura la porte d'entrée de la demeure de Lord Wordsworth, et entrant en silence dans sa demeure, monta d'un pas silencieux au salon. Installé dans son fauteuil devant la cheminée, le commanditaire de l'assassinat de son frère l'attendait, songeur, son pistolet à tout faire en main braqué vers la porte.

— Nous nous faisons enfin face, cher Léopold, quel plaisir de faire officiellement votre conna…

Léopold ne le laissa pas finir sa phrase. Fou de colère et déterminé, il lui tira une balle dans le cœur à l'aide de sa canne. Sans même un mot à sa victime, il récupéra alors l'arme de son frère, et le regarder mourir sur la peau d'ours qui lui servait de carpette.

Léopold partit un mois en Amérique, le temps de retrouver la fille de son ancien amour, vendue à un producteur de coton. Il la libéra elle et les autres esclaves de la propriété, faisant fi des vies des esclavagistes qu'il prit au passage, puis la ramena à Paris pour qu'elle puisse être avec ses grands-parents en attendant que sa mère soit libérée de prison. Retournant alors à Londres, Léopold O'Clock resta ensuite vivre avec Sally et Thomas, perdurant la mémoire de sa famille en travaillant au sein de l'*Investigation Office for the London Police*.

Les chasseurs de démons & Les 7 fables du monde
sans nom

Mars 2020.

Adélaïde ouvrit la porte du bureau de Phileas, et expirant longuement, se décida. Cela faisait facilement deux ans et demi qu'elle n'était pas entrée dans cette pièce. Mais bien que cela lui fasse de la peine, il était temps de se résigner. Cela lui brisait le cœur, cela lui retournait l'estomac, mais il fallait qu'elle passe à autre chose, ne serait-ce que par respect pour James. Se rendant vers le bureau avec des cartons, elle commença donc à ranger les affaires de son époux pour les stocker à la cave. Se faisant, elle passa l'après-midi à faire des aller-retour jusqu'en bas, à donner un coup de chiffon sur les bibliothèques et à rendre l'endroit à peu près propre. Elle rangea tout, se débarrassa de tout ce qui n'était pas important ou décoratif, ne laissant donc que les livres, la vitrine d'armes et l'ordinateur, et finalement, s'attela à trier les papiers trainant ici et là dans le bureau. Elle retomba ainsi sur l'histoire du voyageur temporel, et se souvenant de la nuit où elle l'avait découverte, s'assit dans le fauteuil de feu son époux pour la relire. Faisant une pause sa lecture finie, elle prit alors le temps de regarder réellement ce qu'elle bazardait.

— Mon Dieu, Phileas, ce que tu me manques, déclara-t-elle.

Elle chercha sur le bureau et dans les tiroirs s'il y avait d'autres histoires comme ça, inachevées par son époux, et en fouillant, elle tomba sur une idée de nouvelle écrite par son mari qui lui fit immédiatement regretter de ne pas pouvoir en lire une version aboutie.

« XIII siècle.*

Histoire sur une équipe de chasseurs de dragons au Moyen-âge. Un chevalier moine, une jeune fille vierge (pour ses facultés d'innocence), deux Dragons de six mètres, un rouge sang, orangé sur le poitrail, et un vert émeraude un peu plus clair sur le poitrail, et trois autres membres de l'Ordre de l'Ange (deux femmes et un homme). Ils enquêtent sur des meurtres survenus près du monastère des crevasses noires, qui ne sont pas l'œuvre de dragons, mais d'hommes avec des armes blanches. L'abbaye des crevasses noires est située dans une des vallées au pied de la faille de Dieu. Il s'agit d'un lieu en Europe de l'Est où une inégalité géologique suite à un tremblement de terre a créé un dénivelé de plus d'un kilomètre de haut entre le plat pays de la région et une autre partie des lieux, créant une immense falaise abrupte. Le monastère se situe au pied de la falaise et plus loin il y a un village. Il y a une ambiance très "Le nom de la Rose" dans l'histoire, et un moment l'équipe doit même descendre dans les profondeurs de la faille... »

Adélaïde sourit, trouvant que Phileas avait toujours eu des idées géniales pour faire des histoires. Elle aurait d'ailleurs adoré lire celle-ci dans un livre du Club des Damnés. Rangeant la feuille avec les autres, elle continua à mettre de l'ordre dans les affaires de son défunt mari, quand elle tomba sur une feuille griffonnée, un morceau de la fin des « *7 fables du monde sans nom* ». Intriguée, Adélaïde réalisa alors qu'elle n'avait jamais retrouvé le livre au Club des Damnés. Se pourrait-il qu'il soit ici, dans les affaires de Phileas ? N'ayant jamais eu l'occasion d'en lire la fin, la jeune femme s'empressa en tout cas de dévorer, bien qu'elle ne fut pas développée, les quelques lignes qui apportaient une conclusion aux aventures des 7.

«…

Lors de la 7ᵉ fable, durant le dernier combat, alors que tout semblait perdu, Gallath trouva finalement le livre d'Aide et le bâton magique. Il en fut fou de joie et partit le montrer aux autres. Certain de leur victoire, il expliqua alors à ses confrères l'importance de cette trouvaille :

— Ce livre a été rédigé par un grand magicien, le plus grand, il a écrit toute sa magie sur ces pages ! C'est un artefact puissant tel que si jamais quelqu'un après sa mort avait besoin d'aide, ce livre et ce bâton apparaitraient pour l'aider.

— Le livre d'Aide… comprit avec joie Iris la Rousse.

— Le livre d'Aide oui ! s'exclama Gallath.

…

Après un combat acharné qui dura encore dix ans, emportant tour à tour tous ses amis, fatigué d'un combat trop important pour eux, Gallath le sage succomba finalement à ses blessures au vénérable âge de huit-cent-quatre-vingt-trois ans. Rejoignant finalement les 7 dans l'au-delà, il accomplit ainsi son destin, mourant pour rétablir la paix dans le monde. Tandis que son dernier soupir quitta ses lèvres, la magie qu'il avait accumulée fut en effet désormais assez puissante pour éradiquer le mal qui gangrénait le monde. Tel un souffle lumineux, la vie reprit alors son court, triomphant sur l'horreur qui s'était abattue il y a de cela maintenant des années, si longtemps que cela avait semblé une éternité que le soleil n'avait pas brillé. Et comme dernière trace de leur sacrifice pour sauver la vie, une représentation des 7 apparut à la fin du livre d'Aide. Si jamais le besoin s'en faisait sentir, les 7 reviendraient alors. Sans congratulations, sans honneur, sans statue de commémoration, rien. Il ne resta des 7 qu'une simple image, gravée sur les pages d'un livre inconnu de tous, mais qui perdurerait leur victoire à jamais. Voici donc l'histoire de ces héros, morts au cours d'un combat acharné pour protéger leur monde, celui des 7 fables sans nom. »

Adélaïde sourit. Rédigée, elle aurait adoré lire l'histoire complète, parce que là, cela manquait clairement de dynamique. Puis se redressant, elle mit la feuille avec les autres dans le carton, et reprit son ménage de printemps. Une heure plus tard, les derniers cartons amenés à la cave, la pièce vidée, propre, elle la regarda satisfaite.

— Je ne sais pas si tu es encore vivant, mais je pense à toi tu sais, déclara-t-elle.

Puis soufflant satisfaite, elle referma le bureau derrière elle en sortant et descendit boire une bière. Il était temps qu'elle tourne la page.

FIN

Prochain tome : Code 147

ANNEXES :

Vous trouverez ci-après quatre types d'annexes, qui je l'espère, vous plairont.

En premier lieu, il y a quelques détails trop petits pour en faire des nouvelles (ce sont plus des anecdotes qu'autre chose), puis il y a mes fiches repères sur les personnages principaux, et il y a ensuite la liste des Reines, des Cavaliers et des agents du *Service* et des *Artificiers* que j'ai répertoriés au fil des livres. Tout cela fait partie de mon travail de création, et j'espère qu'en avoir un aperçu vous plaira. (Sachez toutefois que concernant la liste des Reines et des Cavaliers, il existe deux versions ; une contée, telle qu'elle apparait au Club des Damnés, et une non contée, qui est ma fiche technique avec les données d'apparition et les informations annexes. C'est cette dernière que vous trouverez ici.)

Enfin, la dernière annexe que vous trouverez, est une fan-fiction que j'ai demandé à une de mes lectrices et amie d'écrire, Mathilde étant fan de ce genre d'histoires. Le défi de base était de raconter comment se passerait sa rencontre avec Philéas et Adélaïde, mais s'en écartant, elle a écrit une petite nouvelle qui bien qu'elle n'est pas canon, offre un what-if des plus sympas *(je vous invite d'ailleurs à me faire parvenir vos histoires à cette adresse : phileox@hotmail.fr).*

Philippe Rosenberger.

Petits secrets, petits mystères :

~ L'épée et le casque de Phileas sont dans la famille des Collenly depuis le Moyen-âge.

~ L'histoire qu'invente Adélaïde pour faire marcher Chloé au début de *GoldLadies* est un rêve qu'elle a fait quelques jours plus tôt.

~ En 1903, Sally Deglow a eu sa fille, Claire, avec Phileas O'Clock. Ils ont eu une nuit d'amour peu avant sa mort en 1902. Plus tard, les circonstances feront qu'elle aura une nuit tout aussi passionnelle avec Léopold, qui sera le père de sa seconde enfant, Catherine, née en 1910.
Une fois adulte, Claire Deglow a épousé George Collenly en 1923. Elle a mis au monde Sean Collenly en 1924, qui se maria avec une femme nommée Suzanne Dumont à la fin de la guerre en 1946. Suzanne donna naissance à Alfred Collenly, le père de Phileas, en 1947.
La seconde fille de Sally Deglow, Catherine, elle, s'est mariée en 1934 avec un aristocrate français, François Barthe, et eut plusieurs enfants, dont la petite Lilly Barthe en 1936, qui se maria en 1955 avec Hector Privat, descendant de la Marquise De Vinsailleu. Leur fille, Marie-Cécile, née en 1958, est la mère de Jean Dehill, née en 1979.

→ Étant donné que Phileas et Léopold étaient jumeaux, en réalité, la probabilité que Jean et Phileas (Valentin) aient des gènes communs est doublée. Seulement Sally n'ayant jamais officiellement révélé que Léopold était le père de Catherine, l'arrière-grand-mère de Jean, Phileas (Valentin), ne le sait pas.

~ Léopold O'Clock est mort en 1914, tué sur-le-champ de bataille au cours de la Grande Guerre. Il y avait été envoyé comme soldat. Thomas Coben lui était déjà mort depuis trois ans, emporté par une pneumonie. Sally ne connut pas d'autre homme et n'ayant pas eu de garçon, le nom des O'Clock disparut. Elle mourut en 1929.

~ Lorsque Phileas s'absente après avoir reçu un coup de téléphone au début de *GoldLadies*, c'est parce que quelqu'un a tenté d'ouvrir la tombe de *D*. Il s'agit en fait de son fils cadet, qui, abattu de chagrin, voulait être sûr que c'était bien sa mère dans la tombe pour pouvoir faire son deuil et se résoudre à sa mort.

~ La méchante imaginaire que Phileas rencontre dans *Alessandra* s'appelle Elia Thomas Weisz. Il s'agit d'une Anglaise de bonne famille ressemblant énormément à Rachel Weisz.

~ On ne sait pas réellement si Eugène Timothy Dru a créé l'*Organisation*, ou *Fantôme*, ou s'il se l'est appropriée et l'a modifiée pour qu'elle devienne son organisation.

~ Si vous ne l'aviez pas remarqué, Adélaïde couche avec un membre de l'*Organisation* dans le tome I, dans le chapitre

V, Passages Secrets, de la seconde partie. (Il avait un dragon orange tatoué sur l'intérieur du bras.)

~ Phileas apprend l'existence du *Service* dans un bar, où un ivrogne racontait ses exploits… Il s'agissait du *Toucan*, saoul et prêt à tout pour avoir une autre bière.

~ Phileas et Adélaïde habitaient au 47 rue des Armoiries jusqu'à la fin de *Retrouvailles*, puis déménagèrent au 1 allée des Princes.

~ Thomas Zoil, la recrue de la C.I.A. tuée par Hécatombe, était l'amant de Camille Whitman (Hortense), contrairement à ses dires. Elle était sa formatrice et avait fini par céder à ses avances. Tout en étant humble et généreux, plein de joie de vivre, Thomas avait une assurance déconcertante et faisait preuve d'un culot effroyable. Il n'arrêtait pas de la courtiser, dans le bon sens du terme, si bien qu'un soir elle se laissa séduire. Cela faisait trois semaines qu'ils entretenaient une relation intime inconnue de tous quand il a été tué. Elle était tombée très amoureuse de lui.

~ À la fin de l'histoire *Le jeune Valentin*, si vous avez bien lu entre les lignes, il s'agit du jour de la conception de Wanda.

~ Lors de mon écriture de *Résolution*, j'ai trouvé que cela aurait fait une jolie bombe dans la tête de mes lecteurs que Dru annonce qu'il a un fils qu'on ne connaissait pas. Certaines de mes amies lectrices ont d'ailleurs cru qu'il serait le vrai méchant du livre… Et en découvrant que c'était juste une révélation comme ça, elles m'ont demandé de raconter son histoire, ce qui explique la présence dans ces pages de la nouvelle intitulée *Gabriel*.

~ Dans le chapitre IV de la partie II de *Résolution*, lors de l'effraction de l'entreprise *TrueLine*, l'*Artificier* qui regarde par la fenêtre et donne des ordres n'est autre que Benjamin Johns, qui tient à cœur d'aider son ancien service à abattre Dru.

Informations & Repères :

<u>Adélaïde</u> :

Adélaïde Sureau est née le 16 août 1988. Elle parle l'espagnol et l'anglais et apprend depuis qu'elle est au *Service* le tchèque et l'allemand. Elle est tombée enceinte le mardi 24 avril 2012 de Jean et Adrien. Elle utilise couramment un Walther PPK, un P99 et un Magnum 357. Elle possède une BMW Z4 et une Mustang grise de 2015.

<u>Phileas</u> :

Phileas Albus Queneau est né le 27 mai 1978 (et officiellement mort le 14 juin 2017). Il parle français, allemand, italien, russe, anglais et portugais. Il apprenait le japonais et le chinois lors de ses dernières années au *Service*.

Phileas fut également connu sous les noms de Valentin D'Allegra, Léopold Queneau, Charles Tallus, Phileas Seth et François-Philippe Lendil.

Il utilisait couramment un Walther P99, le fusil d'assaut UMP9 et un SW1911. Il portait également un Beretta à la cheville.

Phileas dirigeait le Groupe Philanthropie sous son vrai nom, Valentin D'Allegra. C'est sous cette couverture qu'il exécutait les mouvements de fonds du *Service*, du Club des Damnés, puis des *Artificiers*.

Phileas possédait une Aston Martin DBS 12 qui sera détruite à la fin de la *Défaite de D*. Il possédait également une Aston Martin Virage Volante, une DB9, une Lamborghini Murcielago, une Lamborghini Reventon et un BMW X5. La Murcielago se trouve en Italie, la Reventon également. L'Aston Martin Volante et le X5 sont en France. Sur New York il utilisait une voiture de fonction au nom de G.A.T, une Porsche Carrera. À noter qu'il utilise aussi parfois la GT 500 de la planque du New Jersey, et le modèle K.I.T.T. cité dans *Alessandra* est basé sur un modèle expérimental de conception G.A.T. Sa seconde Aston Martin DBS 12 est actuellement stockée au *Service* (suite à sa mort).

Phileas possédait huit demeures au moment de sa mort : une villa en Italie au Lac de Côme (celle des D'Allegra), un appartement au centre-ville de Londres, un appartement à New York dans l'Upper West Side, deux maisons à Metz, en Moselle, une en Vendée près de Brétignolles sur Mer, une autre à Montpellier, et enfin un manoir en Écosse.

Alfred :
Alfred Collenly est né le 16 juin 1947. Il parle chinois, italien, français et anglais. C'est un ancien agent de la D.G.S.E.. Alfred est le père de Phileas Queneau. De mère française (Suzanne Dumont) et de père écossais (Sean Collenly).

Wanda :
Wanda D'Allegra est née le 10 mars 1994. Elle parle couramment le français, l'anglais et l'italien. Elle apprenait l'espagnol et l'allemand à l'école.

Chloé :

Chloé Lepommier est née le 23 avril 1984. Elle a abandonné ses études de Droit à l'Université de Metz peu de temps avant de rencontrer Jean, au printemps 2004.
Elle possède un Hummer noir de Général Motors.

Jean :

Jean Dehill est née le 16 mars 1979. Elle a un an de moins que Phileas, dont elle est une petite cousine éloignée.

Jean :

Jean *(Dana, Valentine, Marianne)* Sureau D'Allegra, est née le 24 janvier 2013. Sœur jumelle d'Adrien.

Adrien :

Adrien *(François, Dominique)* Sureau D'Allegra est né le 24 janvier 2013. Frère jumeau de Jean.

Eugène Timothy Dru :

Le docteur Dru est né le 23 mars 1953 et a fait ses études à Harvard avec *D*.

Adrien Sureau :

Le frère d'Adélaïde est mort le 23 juillet 1988.

Le Club des Damnés fut fondé en juin 1993, date à laquelle les bâtisses de la rue des Rodiers furent achetées par Léopold Queneau, antiquaire, qui y commença ses rénovations et installations. Son agencement fait, le club fut ouvert en septembre 1997.

L'édifice sera toutefois brûlé le 17 juillet 2011 sur ordre du ministre Molarron, désireux de se venger de Phileas et d'Adélaïde. Les Damnés furent alors déplacés à la cathédrale Sainte Christiane à partir du 5 avril 2012. L'endroit, en cours d'aménagement depuis 1999 est encore à ce jour en perpétuelle modification.

Directeur :

Phileas Queneau : connu sous les noms de Léopold Queneau, Charles Tallus, Phileas Seth et François-Philippe Lendil.

Liste des Cavaliers :

Alfred : Collenly. Célibataire, père de Phileas Queneau, ancien agent de la DGSE. Présent depuis 1997. A démissionné en 2017.

Laurence : présent depuis 1997.

Francis : Spécialité : Serrurier. Présent depuis 1997.

Charles : Spécialité : Costumier. Présent depuis 1997.

Christophe : Arrivé en 1997. Parti après la disparition de la Reine Sully.

George : Maxwell, arrivé au Club en 1997. — S'est suicidé lors de l'Affaire Kristan du *Service* le 10 mai 2012.

Édouard : Braille, arrivé au Club en 1999. Coiffeur. Homosexuel. — Tué lors de l'Affaire Kristan du *Service* le 10 mai 2012.

Timothy : Arrivé en 1999.

John : Arrivé en 1999. Parti à Londres en 2004 après qu'on lui ait diagnostiqué un cancer.

Thomas : Date d'arrivée : 1999.

Christian : Date d'arrivée : 1999.

Eugène : Date d'arrivée : 2000.

Richard : Spécialité : Comptable. Date d'arrivée : 2000.

Basile : Date d'arrivée : 2000.

Jacques : Spécialité : Maquilleur. Date d'arrivée : 2000.

Christopher : Date d'arrivée : 2000.

Tibérius : Spécialité : Cuisinier. Date d'arrivée : 2000.

Lucius : Spécialité : Serrurier. Date d'arrivée : 2000.

Angelo : À la retraite.

Jim : Date d'arrivée : 2000.

John : Date d'arrivée : 2000.

Christophe : Date d'arrivée : 2000.

Clark : Date d'arrivée : 2000.

Étienne : Date d'arrivée : 2000.

Hector : Date d'arrivée : 2000.

Ezéchïel : Date d'arrivée : 2000.

Winston : Date d'arrivée : 2012. Nouveau coiffeur.

Rupert : Date d'arrivée : 2012. Infirme, il lui manque la jambe droite.

Benjamin : Date d'arrivée : 2013.

Horace : Arrivé en 2014.

Mélanie Clerne : Couturière.

Fred Niel : Pilote du Club.

Liste des Reines :

1re Reine : Iris. Première Reine de Phileas. Première Reine rouge, grande Reine de Sang. Rousse aux yeux rouges. Personne la plus en danger dans le monde des initiés étant donnée son importance symbolique.

2e Reine : Prudence. Cheveux noirs, yeux bruns.

3e Reine : Mandarine. Rousse.

4e Reine : Pâris. Reine Noire, grande Reine des Ténèbres et de la Malice. Blonde aux yeux bleus. Tuée durant *Inébranlable*.

5e Reine : Bella. Brune aux yeux noisette.

6e Reine : Ambre. Tuée durant *Inébranlable*.

7e Reine : Holiday.

8e Reine : Sully. Disparue comme conté dans la Légende du miroir. Autrefois mariée au Cavalier Christophe.

9e Reine : Mélusine. Cheveux châtain clair.

10e Reine : Eugénie. Brune, yeux verts. Tuée durant *Inébranlable*.

11e Reine : Kay.

12e Reine : Zénaïda. Reine Aveugle, grande Reine des ombres et de la Sagesse. N'apparait au Club que lors de la fête d'Halloween et des soirées occultes. Est aveugle de naissance.

13e Reine : Mélisande. Reine Lune, grande Reine Magicienne.

14e Reine : Jean. Reine Rouge, grande Reine de Sang (II). Décédée en mission pour le compte du *Service* à Budapest le 31 mars 2012, durant *Le Retour des Reines*.

15e Reine : Délice.

16e Reine : Peyton.

17e Reine : Agathe, dite Reine Symphonie.

18e Reine : Alice. Tuée durant *Inébranlable*.

19e Reine : Aurore.

20e Reine : Sacrilège, grande Reine d'Argent.

21e Reine : Karen, dite Reine Psyché.

22e Reine : Annabelle, dite Reine Blasphème.

23e Reine : Nathalie.

24e Reine : Mélina.

25e Reine : Crystal. Tuée durant *Inébranlable*.

26e Reine : Sophie, rousse.

27e Reine : Fleur. Partie en Angleterre pour tenter de retrouver le Cavalier John.

28e Reine : Prude.

29e Reine : Meredith.

30e Reine : Klara. D'origine russe.

31e Reine : Danielle, dite Lubelle. D'origine amérindienne.

32e Reine : Églantine.

33e Reine : Julie. Infirme, il lui manque la main gauche.

34e Reine : Chloé. Reine d'Or, grande Reine du Courage. (Marraine des jumeaux Queneau.)

35e Reine : Clarisse, Reine du silence, grande Reine du secret.

36e Reine : Corinne. D'origine anglaise.

37e Reine : Destinée.

38e Reine : Sublime. Reine Pourpre, grande Reine Discrète.

39e Reine : Abigaelle.

40e Reine : Aryma.

41e Reine : Selina. Métisse, américaine.

42e Reine : Catherine.

43ᵉ Reine : Camilla. Devenue Reine Coquine des fées. Châtain clair. Sort avec Caroline.

44ᵉ Reine : Caroline. Devenue Reine Malicieuse des pixies. Blonde. Sort avec Camilla.

45ᵉ Reine : Camille.

46ᵉ Reine : Christine.

47ᵉ Reine : Nathalia.

48ᵉ Reine : Carina.

49ᵉ Reine : Mélodie.

50ᵉ Reine : Jennifer.

51ᵉ Reine : Carolina.

52ᵉ Reine : Nadège, dite Reine Murmure.

53ᵉ Reine : Lyna. Reine Chocolat, grande Reine de la Gourmandise.

54ᵉ Reine : Amélie.

55ᵉ Reine : Suzanne.

56ᵉ Reine : Marina.

57ᵉ Reine : Sarah.

58ᵉ Reine : Jasmine.

59ᵉ Reine : Nathalie.

60ᵉ Reine : Carmen. D'origine roumaine.

61ᵉ Reine : Yinslyn. D'origine chinoise. En congé pour cause de maternité. Revenue durant *Dr Dru*.

62ᵉ Reine : Myra. D'origine haïtienne.

63ᵉ Reine : Alessandra. Brésilienne.

64ᵉ Reine : Ãola. Brésilienne.

65ᵉ Reine : Kira. Franco-Brésilienne.

66ᵉ Reine : Christelle.

67ᵉ Reine : Adélaïde dite Méphala. Devenue Reine Rouge et grande Reine du Sang (III) et agent *009* suite aux événements relatifs aux affaires *Budapest* et *Kristan*. Devenue chef du *Service* suite à la mort de la directrice *D*.

Mère des enfants de Phileas, Jean et Adrien. Officiellement mariée au maître du Club.

68ᵉ Reine : Amélie. Brune, entrée au club le jour de sa majorité. Est retournée dans son école privée. Inscrite au registre des Reines durant *Adélaïde*.

69ᵉ Reine : Helena. D'origine grecque. Cheveux blonds, yeux noirs. Inscrite au registre des Reines durant le début du *Retour des Reines*.

70ᵉ Reine : Mélissa. Brune. Inscrite au registre des Reines peu après le *Retour des Reines*.

71ᵉ Reine : Mélina dite Prunelle : Blonde, yeux bruns. Assassinée dans la bibliothèque de la Cathédrale le 24 janvier 2013 durant *GoldLadies*. Inscrite au registre des Reines peu avant *La Défaite de D*.

72ᵉ Reine : Frivole. Inscrite au registre des Reines entre *GoldLadies* et *Alessandra*.

73ᵉ Reine : Ambroisie. Inscrite au registre des Reines entre *Alessandra* et *Dr Dru*.

74ᵉ Reine : Abysse. Inscrite au registre des Reines durant *Rixe*.

75ᵉ ᴬ Reine : Reine Légion. (Sally Brand) Inscrite au registre des Reines durant *Rixe*.

75ᵉ ᴮ Reine : Reine Légion. (Suzy Brand) Inscrite au registre des Reines durant *Rixe*.

75ᵉ ᶜ Reine : Reine Légion. (Vera Brand) Inscrite au registre des Reines durant *Rixe*.

75ᵉ ᴰ Reine : Reine Légion. (Amanda Brand) Quadruplées ayant rejoint le Club sous un seul nom. Assez libertines, Françaises de parents américains. Sont certainement bisexuelles et même incestueuses entre elles.

Brunes. Inscrite au registre des Reines entre *Rixe* et *Les Artificiers*.

76ᵉ Reine : Aimée. Inscrite au registre des Reines entre *Les Artificiers* et *Quotient de Vérité*.

77ᵉ Reine : Malice. Inscrite au registre des Reines entre *Les Artificiers* et *Quotient de Vérité*.

78ᵉ Reine : Caprice. Inscrite au registre des Reines entre *Les Artificiers* et *Quotient de Vérité*.

79ᵉ Reine : Sucrée. Inscrite au registre des Reines entre *Les Artificiers* et *Quotient de Vérité*.

80ᵉ Reine : Désirée. Inscrite au registre des Reines entre *Les Artificiers* et *Quotient de Vérité*.

81ᵉ Reine : Adélaïde. Inscrite au registre des Reines entre *Les Artificiers* et *Quotient de Vérité*.

Reine Secrète : Savina Tarroes. Durant *Quotient de Vérité*.

82ᵉ Reine : Esme. Inscrite au registre des Reines après *Quotient de Vérité*.

83ᵉ Reine : Artisane. Inscrite au registre des Reines après *Quotient de Vérité*.

84ᵉ Reine : Emma. Inscrite au registre des Reines après *Ingérence*.

85ᵉ Reine : Distraite. Inscrite au registre des Reines après *Ingérence*.

86ᵉ Reine : Vérité. Inscrite au registre des Reines après *Ingérence*.

87ᵉ Reine : Debrah. Inscrite au registre des Reines après *Ingérence*.

88ᵉ Reine : Blandine. (Charlotte) Inscrite au registre des Reines juste avant *Retrouvailles*.

89ᵉ Reine : Génome. Inscrite au registre des Reines après *Retrouvailles*.

90ᵉ Reine : Magdalena, grande Reine des Arcanes magiques. Inscrite au registre des Reines après *Les Hurleurs*.

91ᵉ Reine : Seccotine. Inscrite au registre des Reines après *Les Hurleurs*.

92ᵉ Reine : Espérance. Inscrite au registre des Reines après *Les Hurleurs*.

93ᵉ Reine : Nathalie. Inscrite au registre des Reines après *Résolution*.

94ᵉ Reine : Elsa. Inscrite au registre des Reines après *Résolution*.

Répertoire des membres du Service cités dans les livres :

Le *Service* fut fondé en 1946 par le *Syndicat*. Il a été désactivé en 1967 sous la direction de *Lampion* puis réactivé en 1997 par l'agent Phileas Queneau.

Devise :

« Pour l'application de la justice légitime et pour la réparation des injustices envers le peuple, dans l'intérêt du peuple, pour le peuple. »

*
* *

Couverture officielle si confondu :

P.I.S.

Parallel Intelligence Service.
(O.N.U. Division)

Application décidée de couverture officielle par la directrice Méphala durant l'affaire immatriculée au dossier sous le nom *GoldLadies* et ayant pour enquête la mort d'une des Reines du Club des Damnés, le 25 janvier 2013.

Nota bene : Effectivité et reconnaissance officielle accordée par l'O.N.U. peu avant le dossier dit *Les Hurleurs*.

Direction :

• **Charles Lansing** : dit *Corentin*, en poste de 1946 à 1954. Mort d'un cancer du poumon après avoir pris sa retraite.

• **Corpus Glenn** : dit *ABEUS*, chef temporaire durant l'année 1953. Décédé de causes naturelles.

• **Jean Pierre Touquet** : dit le *Toucan*, en poste de 1954 à 1967 puis de 1997 à la réactivation jusqu'au 16 juin 1999. Actuellement à la retraite.

• **Théodore Lampe** : dit *Lampion*, en poste durant l'année 1967. Décédé de causes naturelles.

• **Grant Kroutche** : dit le *Rusé*, superviseur des recherches et de la récolte d'information de 1968 à 1973. Décédé de causes naturelles.

• **Tristan K.** : dit *Clint*, superviseur des recherches et de la récolte d'information de 1973 à 1993. Décédé suite à la contraction du V.I.H.

• **Marianne Della** (Nom de jeune fille Edelyn) : dite *D*, en poste depuis le 17 juin 1999, morte le 9 novembre 2012 durant l'exercice de ses fonctions.

• **Phileas Queneau** : Chef temporaire, de la mort de *D* le 9 novembre 2012, au 11 novembre 2012 à la prise de fonction d'Adélaïde Sureau.

• **Adélaïde Sureau - Queneau** : dite *Méphala* ou *M*, directrice depuis le 11 novembre 2012.

Dernier assistant de *D*, puis assistant de *Méphala* :

Billy Daniels.

Agents chargés d'enquête :

Section chargée d'enquêter et de découvrir quelles injustices sont passées au travers du système conventionnel.

Liste des agents actifs déjà rencontrés :

Agent **Scott Italius** : Meilleur ami de l'agent 00 Phileas Queneau. Ne désire pas avoir l'autorisation de tuer. (Affaire Thanos — Kristan, affaire *D* …)

Agent **Stendler** : Cité dans *Alessandra*.

Agente **Marina Deliah** : Rencontrée dans *Retrouvailles*.

~~Agent Tony Williams~~ : Cité dans *Quotient de Vérité, Valentina*. S'est avéré être un *Artificier*.

~~Agent Steven Guilbert~~ : Cité dans *Quotient de Vérité, Valentina*. S'est avéré être un *Artificier*.

Agent **Spalding** : Cité dans *Disparition*.

Agente **Thomas** : Cité dans *Les Hurleurs*

Agent **Stevenson** : Cité durant *Valentina*.

Agente **Sara Baura** : Citée dans *Valentina*.

Agent **Laurent** : Cité dans *Résolution*.

Section 00 :

Section spéciale : Agents autorisés à user de la force létale pour régler certaines affaires délicates.

Nomination et matricule des agents sous la direction en cours et sous la précédente :
(En commençant par la précédente).

Renommée un temps *Section Exécutive* sous la direction de *Méphala*, puis de nouveau section *double-zéro*.

---

001 : Non révélé.

002 : **Agathin James**. Tué à Moscou le 20 octobre 2012. Non remplacé jusqu'à l'arrivée de la nouvelle direction.

003 : Non révélé. Homme.

004 : **Bella Graham**. En service depuis le 25 mai 2004.

005 : Non révélé. Femme.

006 : **Phileas Queneau**. En activité depuis 1997. Directeur du Club des Damnés. (Voir H) Véritable nom ; conte Valentin D'Allegra. Autre nom d'emprunt : Comte Jacques De Claren. (Fiche détaillée classée fichier Zéro)

008 : **Isaac Memphis**. En activité depuis 1998.

009 : **Adélaïde Sureau** avant de devenir directrice. En activité depuis le 19 juin 2012.

001 : Non révélé. Homme.

002 : **Sally Bénédicte**.

003 : Non révélé.

004 : **Bella Graham**.

005 : **Julie Cahen**.

006 : **Phileas Queneau**, puis **Karen**. (Juliette Lepetit)

008 : **Isaac Memphis**.

009 : **Céline Dru**. En service depuis le 5 juillet 2013 (Affaire *Rixe*).

0010 : Non révélé. Femme.

0011 : **Camille DeFontaine**. En service depuis 2013.

0012 : **Jonathan Tan**. Nommé agent exécutif le dimanche 5 mai 2013 (durant l'affaire concernant l'enlèvement des enfants Queneau-Sureau)

0013 : **Charles Neil**.

0014 : Non révélé. Femme.

0015 : Non révélé. Homme.

0016 : **Angelika Grothkiev**.

0017 : **Keyah Samassa**. Nommée agent exécutif le dimanche 5 mai 2013 (durant l'affaire concernant l'enlèvement des enfants Queneau-Sureau)

0018 : Non révélé. Homme.

0019 : **Jeremy Cummings**.

0020 : **Judith Sombrario**. Évoquée dans *Disparition*.

0021 : **James** ????

0022 : Non révélé.

0023 : Non révélé. Femme.

0024 : Non révélé.

0025 : **Noémie Mitchell**. Nommée durant *Valentina*.

Assistants des agents exécutifs :

Bureaux installés sous la directrice *Méphala*.

Assistant de 001 : Non révélé.
Assistante de 002 : Non révélé.
Assistant de 003 : Non révélé.
Assistant de 004: **Justin Higgins**.
Assistant de 005: Non révélé.
Assistante de 006 : **Corie Fender**. A démissionnée à la fin de *Résolution*.
Seconde assistante de 006 pour le monde extérieur : **Lena Brand**. (Finalement accréditée à 0014)
Assistant de 008 : Non révélé.
Assistant de 009 : Non révélé.
Assistant de 0010 : Non révélé.
Assistant de 0011 : Non révélé.
Assistant de 0012 : Non révélé.
Assistant de 0013 : Non révélé.
Assistant de 0014 : Non révélé.
Assistant de 0015 : Non révélé.
Assistant de 0016 : Non révélé.
Assistant de 0017 : Non révélé.
Assistant de 0018 : Non révélé.
Assistant de 0019 : Non révélé.
Assistant de 0020 : Non révélé.
Assistant de 0021 : Non révélé.
Assistant de 0022 : Non révélé.

Assistant de 0023 : Non révélé.
Assistant de 0024 : Non révélé.
Assistant de 0025 : Non révélé.

ATR :

Section spéciale : Agents chargés de missions spéciales, sous le regard de *M* uniquement.

Leader stratégique : **Arthurius Bradford**.

Expert en informatique et hackage : **Jarod Mathias** (en remplacement de Lucius Gray, décédé en 2014)

Expert en armes blanches et techniques de combat, multilingue : **Wanda D'Allegra - Queneau**.

Expert en armement et gadgets : **Jonathan Loque**.

Expert en infiltration et cambriolage : **Camille Lopez**.

Expert en poisons, produits chimiques et pharmaceutiques : **Catherine Mello**.

Expert en véhicules : **Louis Satzinski**.

Expert en armes à feu : **Suzanne Klaus**.

Section chargée de recherche en Informations et données :

Section chargée de compiler les données et de rechercher toutes informations pouvant être utiles aux agents de terrains et qu'ils ne pourraient pas trouver sur place.

Agent **Benjamin Johns**, puis **Nathaniel Jo. Johnson,** après qu'il ait été découvert qu'il était un *Artificier* : Chef coordinateur des recherches.

Agent **Jonas** : Attaché de recherche.

Agent **Amanda** : Attaché de recherche.

Agent **Christophe** : Attaché de recherche.

Agent **Émilien** : Attaché de recherche.

Agent **Brandson** : Attaché de recherche.

Agent **Jarod Mathias** : Hacker américain travaillant pour le *Service.*

Agent **Zachari Helmet** : Attaché de recherche.

Agent **Thomas Garziac** : Attaché de recherche.

<h1 style="text-align:center">Section d'assaut :</h1>

Section chargée des missions commandos.

Agent **Klemer**.
Agent **Brandson**.
Agent **Timier**.
Agent **Stone**.
Agent **Thomson**.
Agent **Smith**.
Agente **Isler**.
Agent **Carlson**.
Agente **Ramirez**.
Agent **Oliver**.

Section Sécurité & Protection :

Section chargée aussi bien de la sécurité du Q.G. du Service, que de ses installations annexes ou de la protection de ses agents et de leurs proches.

Agent **Steven Miles** :
Agent **James Mendelane** : Chargé de la sécurité extérieure au Q.G.

Section Équipement & développement technologique :

Section chargée de fournir les outils adéquats et utiles aux agents en mission.

Wallace Temple, dit *Gadget*. Ancien chef de la section, à la retraite.
Outil : En poste de chef de section depuis *Retrouvailles*.

Section Profilage :

Section chargée de l'étude de la psychologie criminelle et des troubles comportementaux des sujets rencontrés au cours des missions des agents.

Chef d'équipe : **Samantha Dan**.
Jonathan Gothenberg : Profiler décédé mais qui rédigea bon nombre d'études pour le *Service*.
Agent **Cooper**.

Section des Archives :

291

Section chargée d'archiver et de fournir le plus rapidement possible les données collectées par toutes les sections du *Service*.

Agent **Dominique Johns**.

Section Médicale :

Section médicale.

Médecin-chef : **Pierre Lagarde**.
Second médecin-chef : **Jean Luc Merkel**.
Autre médecin : **Marie Nichols**.
Infirmière : **Cynthia Carreau**.
Psychologue / psychiatre : **Jean Martin**.

Section Nettoyage & Camouflage :

Section caméléon chargée de couvrir les activités du *Service* aussi bien juridiquement qu'administrativement, politiquement, ou encore sur le plan civil. Cette section se charge aussi de réparations matérielles en cas de nécessité.

Chef : **Helena James**.

Section chargée d'établir les notes de frais et le coût de revient de chaque mission afin d'évaluer des ressources dont dispose le *Service*.

Ce service s'est également vu octroyé la charge, conjointement avec la section de Nettoyage & Camouflage, de verser sans que cela paraisse suspect à l'extérieur, les salaires des agents, via l'administration Groupe Philanthropie, façade officielle du *Service* et basée en Italie.

Section de surveillance :

Section chargée de filature et d'écoute.

Agent **Thibaut Kehlin** : (*Disparition*)

Section d'Analyses Scientifiques :

Section de recherche scientifique en tous domaines.

Chef : **Camille Derict**.
Agent **Mathias Romano** : (*Ingérence*)

Section chargée de Logistique :

Section coordonnant toutes les sections sur le terrain en accord avec les chefs de section.

De cette section dépendent les unités d'intervention commando.

Chef de département : **Antoni Ava**.
Agent de liaison et de communication : **Agent Folley**.
Agent de liaison et de communication sur le terrain : **Agent Nicolas Coopols**.

Unité d'intervention :

Agent **Johnson**.
Agente **Suzanne Lirette**.

Section de restauration :

Section chargée de la restauration au Q.G.

Chef cuisinier : **Adam Torricelli**.

Section de formation :

Section chargée de former et d'instruire aussi bien les futurs agents que les plus anciens.

Doyen : **Maurice Hamilton**.
Instructeur **Hisk**.

Pilote du Service :

____

Pilote travaillant pour le *Service*.

____

Agent **Fred Niel**.
Agent **Haller**.

Autres agents cités dans les livres :

- <u>Cellule US</u> :

Mitch Kent, Gari Tan, Suzanne Middleton, Douglas Clark, Osmond Castle, Gillian Mitchell, Mary Garrick et Roman Bridge.

- <u>Cellule islandaise</u> :

Camilla Serra.

- <u>Cellule australienne</u> :

Taylor Brown, nouveau chef de section depuis *Valentina*. Miller, agent de recherche.

- <u>Cellule anglaise</u> :

Cameron, Simmons, Bachir. Docteur Potter.

- <u>Cellule égyptienne</u> :

Mehemet, Bahri, Hassan.

- <u>Cellule italienne</u> :

Sélina Zanoli.

Registre des *Artificiers* rencontrés dans les livres :

Il existait 49 *Artificiers* de terrain au moment où Phileas Queneau a quitté l'organisation.

Liste des agents connus à ce jour :

Phileas Queneau. (Fondateur, ancien agent du *Service*)
Homer Fischer.
Ted.
Camille Belafonte.
Monsieur et madame Graffe.
Benjamin Johns. (Ancien agent du *Service*)
Tony Williams. (Ancien agent du *Service, décédé en mission*)
Steven Guilbert. (Ancien agent du *Service*)
Brian.
Émile Sinclar.
Diane.
Arthur Sinclair.
John.
Adèle Lang.
Christina.
Peter.
Terence : chimiste et expert en produits pharmaceutiques et psychotropes.
Une équipe de 103 scientifiques, maquilleurs, costumiers, experts en ingénierie (etc.) chargés de les épauler.

Erreur de jugement

~ Cette histoire fut écrite par Mathilde Lepilliez après qu'elle eut lu *Retrouvailles*, mais avant que *Les Hurleurs* ne sortent. (Cette histoire n'est pas canon).

Adélaïde arriva au *Service*, encore fatiguée de sa nuit de folie. Ils avaient récupéré les enfants depuis peu, et bien qu'ils savouraient chaque moment passé avec eux, ils avaient beaucoup apprécié qu'Alfred les prenne pour la nuit. Ils avaient décidé de passer une soirée en amoureux, profitant de l'autre. Bien sûr, ils avaient très rapidement fini à moitié nus, Adélaïde couchée sur la table de la salle à manger, Phileas la prenant en levrette. Ils avaient étrenné chaque pièce avant d'arriver à leur chambre à coucher. La dernière soirée sexe datait du soir de leur mariage, avec tous leurs amants. Autant dire qu'ils étaient en manque. Le souci est que sa grasse matinée tant désirée s'était vue brutalement annulée par l'arrivée d'une jeune femme, inconnue au bataillon.

Elle avait donc abandonné, à contrecœur, Phileas, dans le lit conjugal, pour s'habiller et filer au bureau.

Daniels lui apporta un café et lui fit un rapide résumé de la situation :

— Elle refuse de donner son nom. Ni son portrait ni ses empreintes ne sont connus de nos services.

— Vous êtes en train de me dire qu'on ne sait rien d'elle ? s'exclama *M*.

— Pas tout à fait. On a interrogé les survivants. Ils disent qu'elle s'appelle Hécate. Apparemment, elle est connue dans le milieu pour être une ennemie redoutable.

— Et les gars qu'elle a tués ?

— Mafia russe. Ils gèrent un réseau de prostitution assez vaste, convaincant des filles de l'est de bosser pour eux. Ils leur font miroiter la vie de château, puis les envoient faire le trottoir. Il y a quelques mois, une guerre s'est déclarée, à propos d'un territoire. Comme toujours, ce sont les filles qui subissent parce qu'elles sont en première ligne. Hécate aurait décidé d'aller faire un peu de ménage.

— Alors, pourquoi a-t-elle fini dans nos services ?

Adélaïde ne comprenait pas. Apparemment, cette fille avait les mêmes buts qu'eux. Résultat, elle finissait dans une cellule du *Service*.

— Parce que cela fait quelques mois que l'on a décidé d'enquêter. Un de nos agents avait réussi à s'infiltrer.

M hocha la tête. Elle se souvenait avoir signé une autorisation pour cela. D'après les quelques rapports qu'elle avait parcourus, tout se passait bien.

— L'agent en question appartenait au groupe qui s'est attaqué à Hécate. Il est vivant mais il a dû être hospitalisé. Quand il nous a fait parvenir son code d'urgence, les agents ont coffré tout le monde.

L'ex-Reine soupira. Un jour, il faudrait qu'elle enseigne la communication à ses agents.

— Sortez-la de cellule, amenez-la ici et faites-nous deux cafés par la même occasion.

— Si je puis me permettre, Madame, elle est une agente expérimentée. Il ne serait pas sécurisé de vous laisser seule avec elle. Je devrais peut-être appeler l'agent 006.

— Non, vous ne pouvez pas vous permettre. Vous l'avez enfermée comme une criminelle, le moins que l'on puisse faire, c'est d'être un minimum accueillant. De plus, je suis aussi, une agente expérimentée.

Ne le voyant pas bouger, elle ajouta : Exécution.

Daniels finit par obéir. Il faudrait qu'elle ait une petite discussion avec lui. Ce n'était pas la première fois qu'il lui tenait tête, et cela commençait doucement à l'énerver. Le fait qu'elle l'ait laissé la baiser ne signifiait pas qu'il avait une quelconque autorité sur elle.

En attendant son invitée, Adélaïde se décida à lire quelques rapports en attente. Elle finissait de parapher certains documents quand on tapa à la porte. Elle permit à la personne d'entrer, sans pour autant relever la tête. Elle désigna vaguement la chaise devant elle pour autoriser la nouvelle arrivante à s'assoir et finit ce qu'elle était en train de faire. Une fois que cela fût fait, elle reboucha son stylo et se concentra sur son interlocutrice. Cheveux châtains clairs encadrant un visage fin et des yeux bleus clairs. Elle portait un tee-shirt noir et un pantalon treillis, tachés de sang. Son arcade semblait gonflée et sa lèvre inférieure était fendue. Elle tentait de ne pas y toucher, mais la position de sa main indiquait que son poignet était luxé. Elle fit signe à Daniels de leur servir le café, ce qu'il fit, avant de se retirer. Adélaïde se retint de lever les yeux au ciel lorsqu'elle le vit hésiter sur le pas de la porte.

— Bienvenue dans nos murs. Je me nomme *M*. Désolée pour le transfert, hum, musclé.

— Vous avez le sens de l'euphémisme ici. D'ailleurs, c'est quoi « ici » ?

Elle parlait d'une voix basse, presque rocailleuse. Adélaïde pesa le pour et le contre, puis se décida à lui dire la vérité.

— Le *Service* est un groupe créé il y des années, ayant pour but de punir les intouchables et de protéger les plus faibles.

— James Bond avec l'accent lorrain ?!

La jeune femme semblait retenir un rire, ce qui manqua de faire grogner — de manière peu élégante — Adélaïde. C'est de ses agents, dont elle parlait.

— Et vous êtes ? lui demanda-t-elle, presque dédaigneuse.

— Hécate.

— La déesse de la Mort. N'est-ce pas un peu présomptueux ?!

Pour seule réponse, l'ex-Reine obtint un sourire, légèrement narquois.

— Absolument. D'un autre côté, je viens de tuer la plus grande partie d'un groupe de mercenaires russes.

Même si elle n'en avait pas envie, *M* ne put que hocher la tête. Ce qui l'embêtait légèrement, c'est que son interlocutrice ne lui avait pas donné son nom. D'un autre côté, elle s'était elle-même présentée par son surnom. Aussi décida-t-elle de laisser tomber.

— Quelles sont vos intentions ?

La jeune femme haussa un sourcil.

— C'est-à-dire ?

— Qu'aviez-vous prévu de faire, après vous être occupée des Russes ?

— Rentrer chez moi, boire et sûrement coucher avec quelqu'un. Programme que je compte bien respecter d'ailleurs. Si vous voulez bien m'excuser.

Hécate se leva et fit mine de vouloir sortir. Ce n'était pas du tout au goût de *M*, qui n'avait eu aucune réponse à ses questions.

— Deux minutes. Je ne sais rien de vous. Qui me dit que vous n'êtes pas une alliée des Russes ou que vous n'appartenez pas à l'*Organisation* ?! Hors de question que je vous laisse sortir d'ici sans plus d'informations.

La blonde ricana.

— Et bien, j'espère que vous êtes dotée de patience, parce que l'on va attendre ici longtemps. Je ne vous connais pas. Vous pourriez tout aussi bien appartenir à l'équipe des méchants. Alors, je ne vois pas pourquoi je vous dirais quelque chose.

— Je vous ai parlé du *Service*.

— Vos agents ont tenté de me fracasser la tête dans un mur. Après m'avoir visée avec leurs armes. Vous savez, je suis quelqu'un d'assez manichéen. En général, quand on tente de me frapper, j'ai tendance à penser que ce sont des ennemis.

— On se bat pour la même cause !

— Et bien, continuons ainsi ! Y'a largement assez de boulot pour nous deux ! Et si un jour, ce n'est plus le cas, je serais plus que ravie de vous laisser la place !

Voyant *M* prête à répliquer, elle ajouta, soudainement lasse :

— Ça va faire un mois et demi que je ne suis pas rentrée chez moi, je suis debout depuis 36 heures. Je veux une douche, un lit et un semblant de sécurité ! Est-ce trop demandé ?!

— Venez avec moi.

Sans regarder si Hécate la suivait, Adélaïde passa à travers un dédale de couloirs, pour arriver jusque devant une série de portes. Elle ouvrit la première, et se décala pour laisser passer son interlocutrice.

— Vous pouvez vous reposer ici. Il y a une salle de bain attenante à la chambre. Je vais vous faire servir un plateau-repas. Voudriez-vous voir un médecin ?

La jeune femme refusa. L'ex-Reine fut tentée d'insister, se doutant que son poignet devait la faire souffrir, mais se retint.

— Il y a un téléphone sur la table de nuit, si vous avez besoin de la moindre chose.

Sur ces mots, elle repartit.

Au lieu de rejoindre son bureau, elle fila jusqu'à l'open space.

— Clark, affichez la caméra menant aux chambres de repos. Surveillez. Au moindre signe suspect, avertissez-moi. Y a-t-il un moyen d'écouter ce qui se passe dans la chambre ?

— On peut se servir du téléphone comme microphone.

— Bien, faites cela immédiatement.

— On a un problème.

— Quoi ? demanda agressivement *M*.

— Elle a débranché le téléphone.

Adélaïde retint un soupir. Hécate semblait savoir ce qu'elle faisait. Ce n'est pas comme ça qu'elle allait obtenir des informations. Soudain, elle eut une idée. Elle sourit lorsqu'elle vit l'objet de ses désirs arriver. Sans paroles supplémentaires, elle attrapa le déjeuner qui avait été préparé et se décida à l'apporter à leur invité.

Retournant devant la porte de son invité, elle toqua. Elle n'entendit aucune réponse, et se décida à entrer après quelques secondes. Elle entrouvrit la porte et passa sa tête. La porte de la salle de bain était ouverte et la lumière y était allumée. Ce fut ce moment-là qu'Hécate choisit pour sortir de la pièce.

Fraîchement douchée, la jeune femme ne portait que des sous-vêtements noirs. Bien que Phileas et elle aient décidé de ne plus avoir d'amants, Adélaïde ne put s'empêcher de laisser son regard vagabonder sur le corps de son invitée. Quand elle remonta les yeux vers son visage, elle vit que cette dernière la fixait. L'ex-Reine tenta de reprendre contenance et montra le plateau-repas qu'elle tenait.

— Le chef m'apporte mon repas ?! Je suis une invitée de marque ou vous m'avez menti ?

M choisit de ne pas répondre. Elle alla poser le plateau sur la table de chevet et tourna la tête lorsqu'elle entendit les ressorts du lit. Elle vit Hécate, assise en tailleur sur le lit, toujours en sous-vêtements.

— Vous m'excuserez, je n'ai qu'un treillis plein de sang et un tee-shirt sale alors, je vais rester comme ça. Mais je suis sûre que la vue d'une femme à moitié nue ne vous dérange pas.

Sur ces mots, elle attrapa le sandwich posé sur le plateau.

— Comme je ne pense pas être une invitée de marque et que vous semblez être réellement cheffe, j'en conclus que vous voulez discuter. Asseyez-vous.

Dans un même temps, Hécate montra le lit de la main avant de prendre une bouchée de son repas. L'ex-Reine décida qu'elle n'avait rien à perdre. De plus, c'était pour avoir des informations qu'elle était venue. Alors, elle accepta l'invitation. Et commença l'interrogatoire.

— Ça fait longtemps que vous faites cela ?

— Quoi ? Me mêler de ce qui ne me regarde pas et tuer des gens ? Question difficile : Quand commence-t-on une carrière ? À notre première affaire ? Au premier meurtre ? Au premier paiement ? En tout cas, ça fait trop longtemps.

— Et vous bossez seule ?

— Oui. Avoir un partenaire, c'est s'attacher. Dans notre métier, c'est un pari risqué. Et avant que vous ne posiez la question : je n'ai pas de supérieure, je n'appartiens pas à une agence. Je suis ce que l'on pourrait appeler une mercenaire.

M hocha la tête, contente de la voir répondre à ses questions. Hécate venait de finir de manger et avait bu son verre d'eau d'une traite. Sans pouvoir s'en empêcher, l'ex-Reine observa ses lèvres. Elle dut les fixer trop longtemps, car ce fût le toussotement de son invitée qui la sortit de sa contemplation. Elle tenta de se justifier :

— Hum, tu as une miette au …

Elle ne finit jamais sa phrase car une paire de lèvres se posa sur sa bouche. Après quelques secondes, Hécate s'écarta et demanda :

— Elle y est toujours ?

Adélaïde ne répondit pas.

Elle se pencha et commença à embrasser son cou, tout en douceur. Puis, elle remonta vers sa mâchoire et finit par atteindre sa bouche. Elle l'embrassa avec langueur puis relâcha sa bouche, attendant une réaction de sa partenaire. Ne voyant aucune tentative de fuite, elle s'appuya légèrement sur Hécate pour lui faire comprendre de se coucher. Une fois que ce fût fait, elle retourna grignoter les lippes de son invitée. Dans l'attente d'un geste de la part de la blonde, l'ex-Reine continua à faire la navette entre sa bouche et le début de ses seins, sans jamais s'attaquer aux sous-vêtements, jusqu'à ce que la jeune femme geigne un peu de frustration.

Enfin, Hécate réagit et passa les mains sous la chemise de *M* avant de les arrêter au niveau de ses hanches. Elle caressa les flancs de la directrice, la faisant frissonner. Adélaïde s'attaqua à ce soutien-gorge devenu encombrant et entreprit de le dégrafer. Son amante lui facilita l'acte en se cambrant, frottant son corps contre celui de l'ex-Reine.

Une fois débarrassée du carcan de tissu, la directrice s'amusa à jouer avec les tétons, savourant leur dureté et les suçotant. Apparemment, la blonde en eut marre puisque, d'un coup de hanche, elle inversa les positions.

— À moi maintenant.

Rapidement, Hécate retira la chemise blanche devenue encombrante et défit dans un même temps le soutien-gorge. Sa main trouva rapidement sa place sur le sein droit pendant que sa main gauche serpentait vers le pantalon de la directrice. Sans chercher à l'enlever, elle laissa ses doigts se promener le long des cuisses et du sexe de son amante, s'amusant de la voir chercher un contact plus fort. Elle poussa le vice jusqu'à poser sa bouche sur le mamelon gauche, le suçotant.

Et puis soudainement, Adélaïde repoussa Hécate et se leva. La blonde s'étonna du changement de comportement mais elle sourit lorsqu'elle vit son amante retirer son pantalon et ses escarpins. Toutes les deux presque nues, un shorty pour Hécate et tanga pour Adélaïde, elles décidèrent de passer à la vitesse supérieure. Refusant de se laisser dominer, l'ex-Reine s'assit à califourchon sur les genoux de son invité et l'embrassa sauvagement. Elle passa ses mains dans les boucles blondes et attrapa quelques mèches, savourant le pouvoir qu'elle avait. Elle laissa sa bouche migrer vers le cou, puis, elle dessina un chemin de baiser. Elle passa sur la naissance de la poitrine, entre les deux seins, elle s'attarda au niveau du nombril, pour finir par embrasser la lingerie humide. Hécate se cambra, souhaitant plus de contact. L'ex-Reine posa sa main droite sur le genou de son amante et la laissa remonter doucement, égratignant la peau avec le bout de ses ongles. Ses doigts finirent par rencontrer son sous-vêtement et elle s'amusa à retirer sa main pour la poser sur l'autre cuisse. Ce n'était apparemment pas au goût d'Hécate, puisqu'elle attrapa la main d'Adélaïde et la posa avec force sur son pubis.

M décida qu'elle aussi avait trop attendu et délesta la blonde de son sous-vêtement, avant de poser sa bouche sur son clitoris. Le gémissement qu'elle réussit à tirer de son amante la fit sourire et elle continua son entreprise, s'amusant à lécher et sucer la boule de nerfs. Elle ajouta ensuite deux doigts dans le vagin et pompa, jusqu'à ce que son invitée se cambre et gémisse de manière incontrôlée. La jouissance arriva quelques instants plus tard, laissant Hécate pantelante.

Adélaïde se coucha à ses côtés et la blonde en profita pour l'embrasser. Elle s'assit à califourchon sur son bassin et entreprit de la marquer, laissant un magnifique suçon dans son cou. De son autre main, elle pelotait allégrement la poitrine généreuse de son amante. Elle continua à déposer des baisers le long de sa mâchoire pendant que sa main descendait vers l'hémisphère sud. Elle ne s'embêta pas à retira le tanga de l'ex-Reine et glissa sa main dans le sous-vêtement. Elle lui titilla le clitoris et lorsque son amante ne s'y attendit pas, glissa deux doigts dans son vagin. Un pouce sur la boule de nerfs et son index et majeur faisant des aller-retour dans son con, la bouche qui avait migré sur les tétons et qui mordillait avec délectation les bourgeons durcis. Il n'en fallut pas beaucoup plus à Adélaïde pour décoller. Elle se cambra et tenta de retenir son cri.

L'extase les laissa toutes les deux haletantes et un poil somnolentes. Elles se glissèrent au milieu du lit, et sans se concerter, décidèrent de prendre un peu de repos. Avant de s'endormir, Hécate murmura :

— T'es vraiment un bon coup.

— Hum, tu devrais rencontrer mon mari, Phileas.

— Avec plaisir, ronronna-t-elle en se lovant contre Adélaïde.

*

Quand *M* se réveilla, la nuit était tombée. Elle se retourna, s'attendant à tomber sur une Hécate somnolente. Elle fronça les sourcils lorsqu'elle vit le lit vide. Elle se leva rapidement, uniquement vêtue de son tanga, et alla dans la salle de bain. Aucune trace de son amante. Elle retourna près du lit et vit un morceau de papier sur la table de chevet.

« Merci pour la soirée. La compagnie était agréable. Au plaisir de se revoir au détour d'une autre affaire.

Affectueusement,
Hécate

PS : Eugène Dru vous passe le bonjour. »

Fan-fiction proposée par Mathilde Lepilliez

Résumé du prochain tome, *Code 147* :

Cela fait trois ans maintenant que Phileas a été obligé de fuir pour protéger sa famille. Adélaïde regrette toujours autant qu'il ait dû partir sans avoir pu leur dire au revoir, mais son ex-époux étant certainement mort, elle s'est résignée et a refait sa vie. Elle a ainsi un nouveau compagnon qu'elle voit régulièrement et qui l'a demandée en mariage, elle enseigne à l'université en parallèle de ses obligations en tant que *M*, et elle est même dorénavant blonde.

Depuis que l'*Organisation* a été démantelée, Adélaïde ne ressent toutefois plus le même engouement pour son travail. Elle y est restée pour rechercher son époux, mais son entreprise s'avérant impossible, et estimant avoir réglé ses comptes envers le monde, ses enfants récupérés et Dru abattu, elle aimerait prendre sa retraite pour tirer un trait définitif sur cette vie et retourner au civil.

Alors que son ordinateur se fait voler au Q.G. du *Service*, elle se retrouve toutefois embarquée dans ce qui sera sa dernière mission.

Dernier tome de la saga, Code 147 conclut les aventures d'Adélaïde depuis qu'elle est entrée au Club des Damnés onze ans plus tôt. Notre héroïne faisant face à plusieurs nouveaux chamboulements dans cette dernière histoire, la question est de savoir si oui ou non sa fin sera heureuse. Au dernier bilan, après tout ce qu'elle a enduré, Adélaïde regrettera-t-elle d'avoir répondu à cette simple annonce postée par Phileas des années plus tôt ?